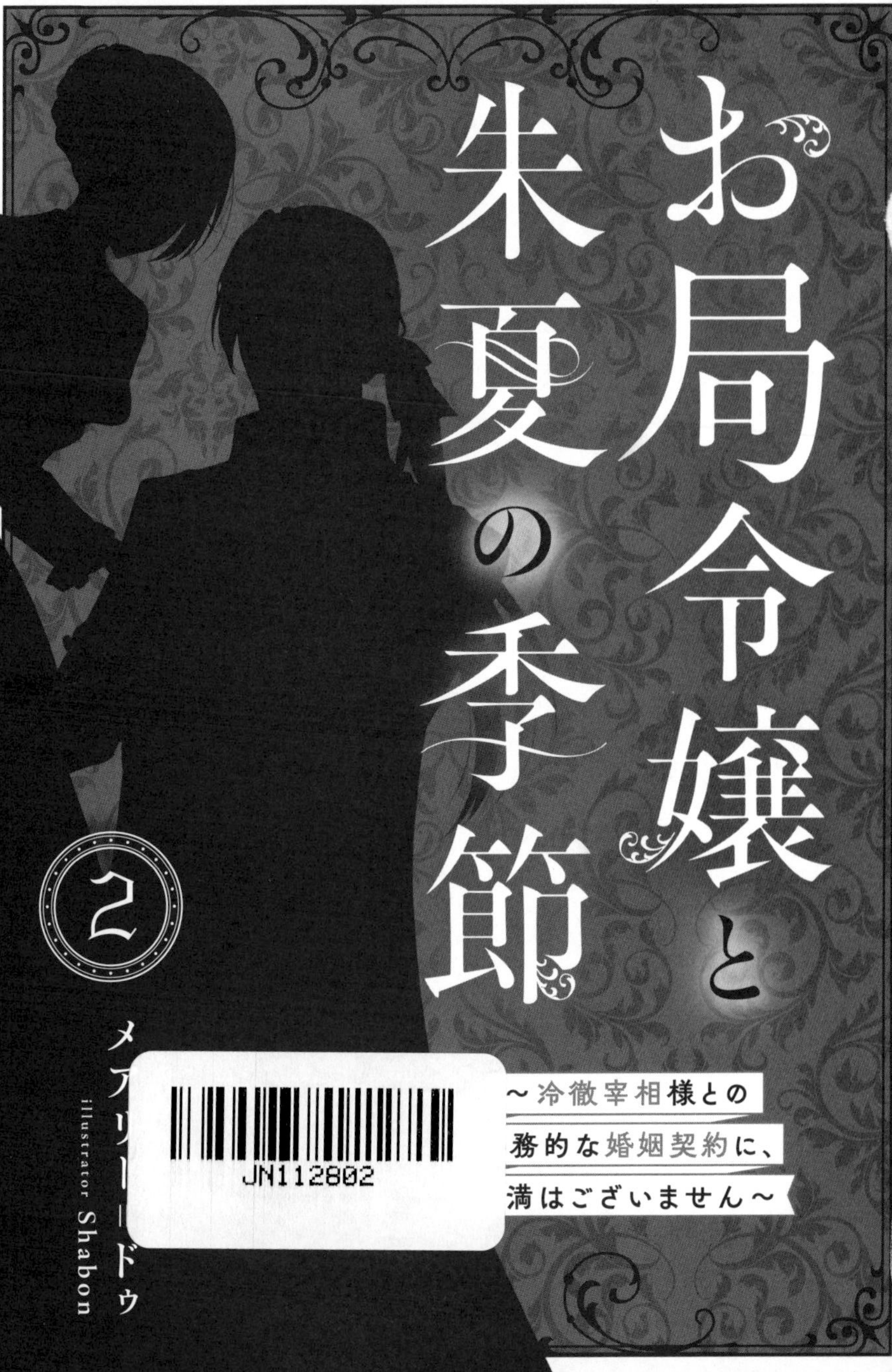
お局令嬢と朱夏の季節
2
～冷徹宰相様との
務的な婚姻契約に、
満はございません～
メア リー ドゥ
illustrator Shabon

目次

contents

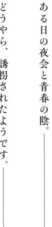

character chart

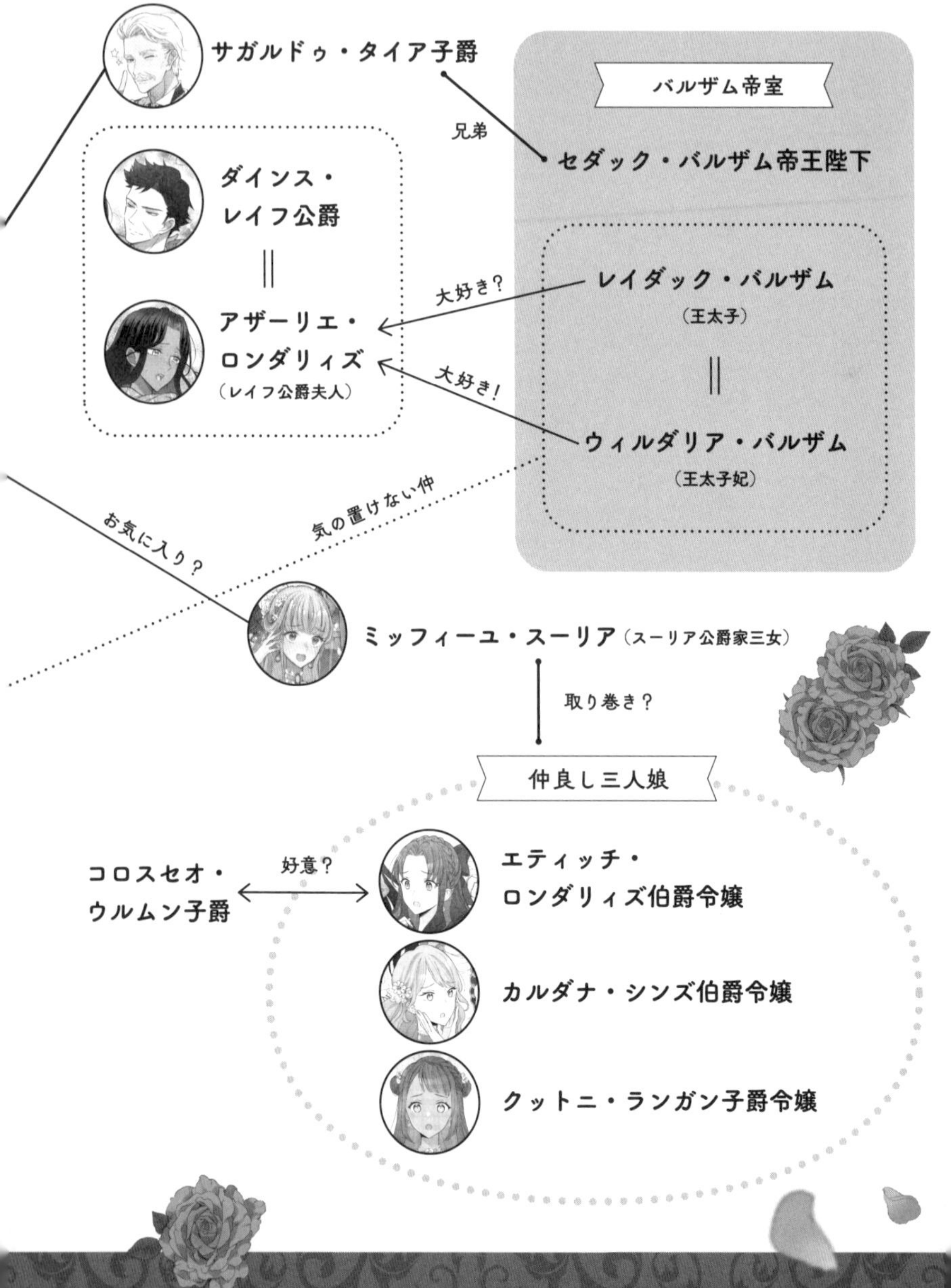

サガルドゥ・タイア子爵
兄弟
バルザム帝室
セダック・バルザム帝王陛下
ダインス・レイフ公爵
＝
アザーリエ・ロンダリィズ
（レイフ公爵夫人）
大好き？
大好き！
レイダック・バルザム
（王太子）
＝
ウィルダリア・バルザム
（王太子妃）
気の置けない仲
お気に入り？
ミッフィーユ・スーリア（スーリア公爵家三女）
取り巻き？
仲良し三人娘
好意？
コロスセオ・ウルムン子爵
エティッチ・ロンダリィズ伯爵令嬢
カルダナ・シンズ伯爵令嬢
クットニ・ランガン子爵令嬢

お局令嬢と朱夏の季節

人物相関図

～冷徹宰相様との事務的な婚姻契約に、不満はございません～

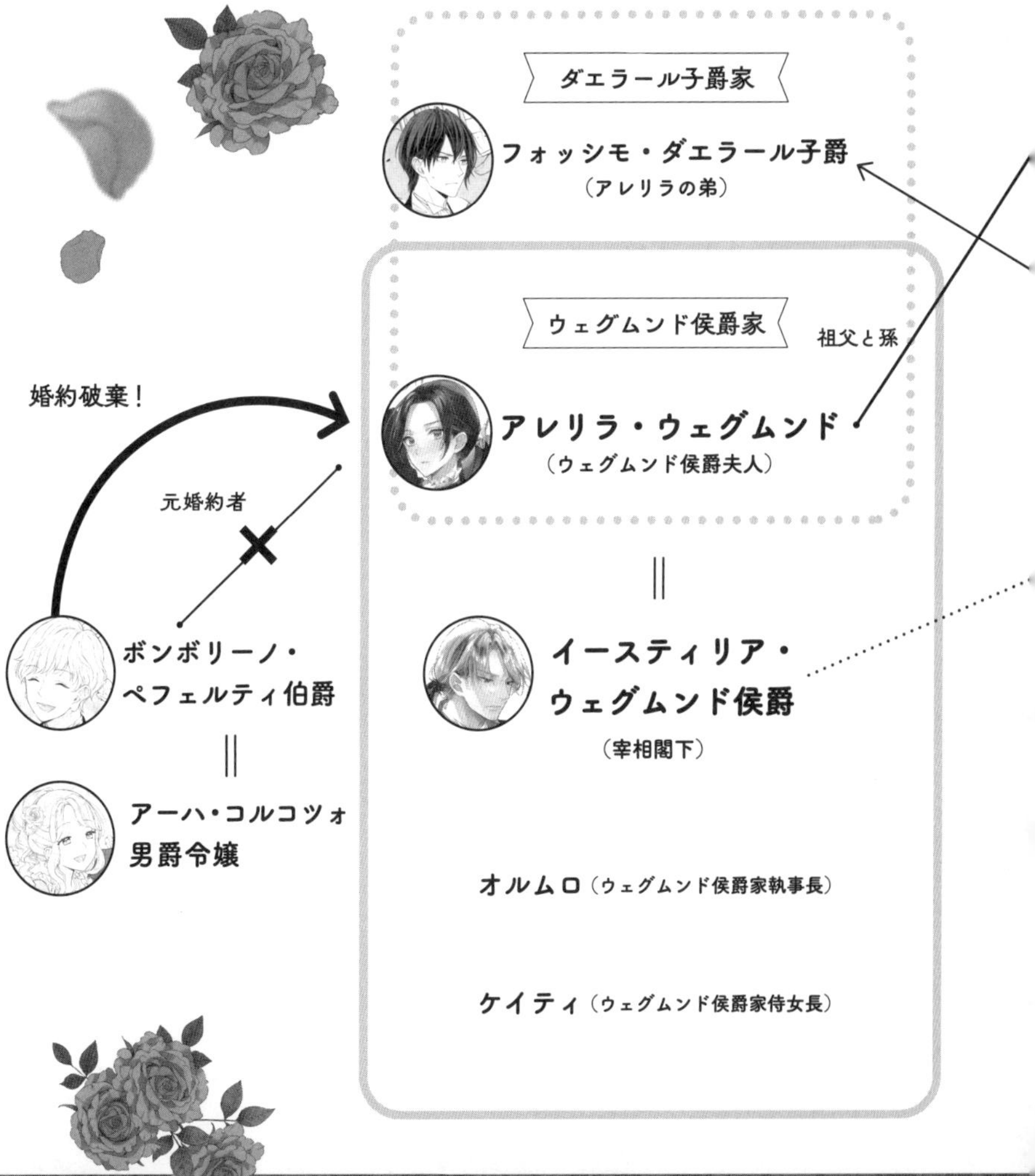

バルザム帝国と周辺国

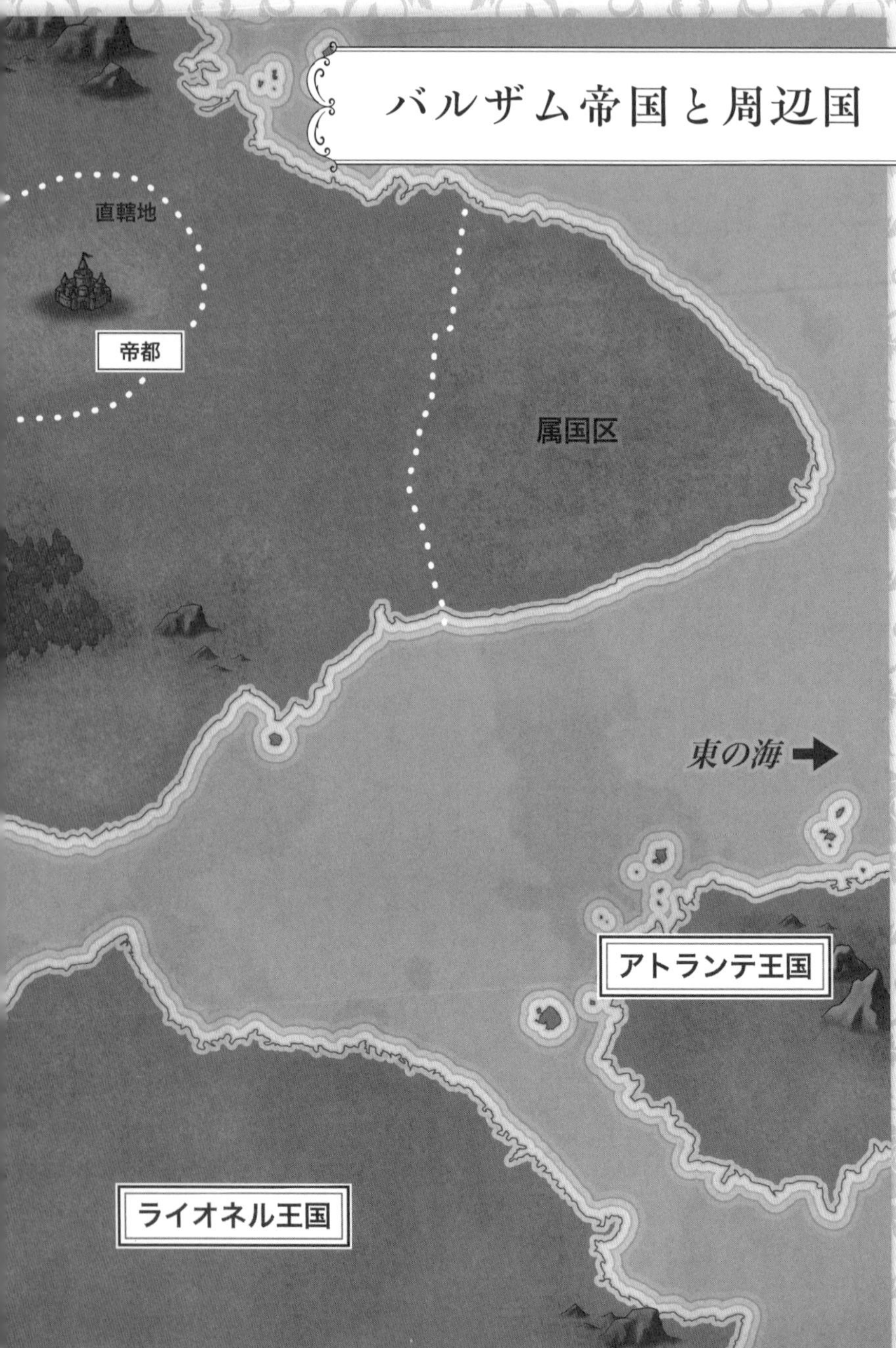
直轄地
帝都
属国区
東の海
アトランテ王国
ライオネル王国

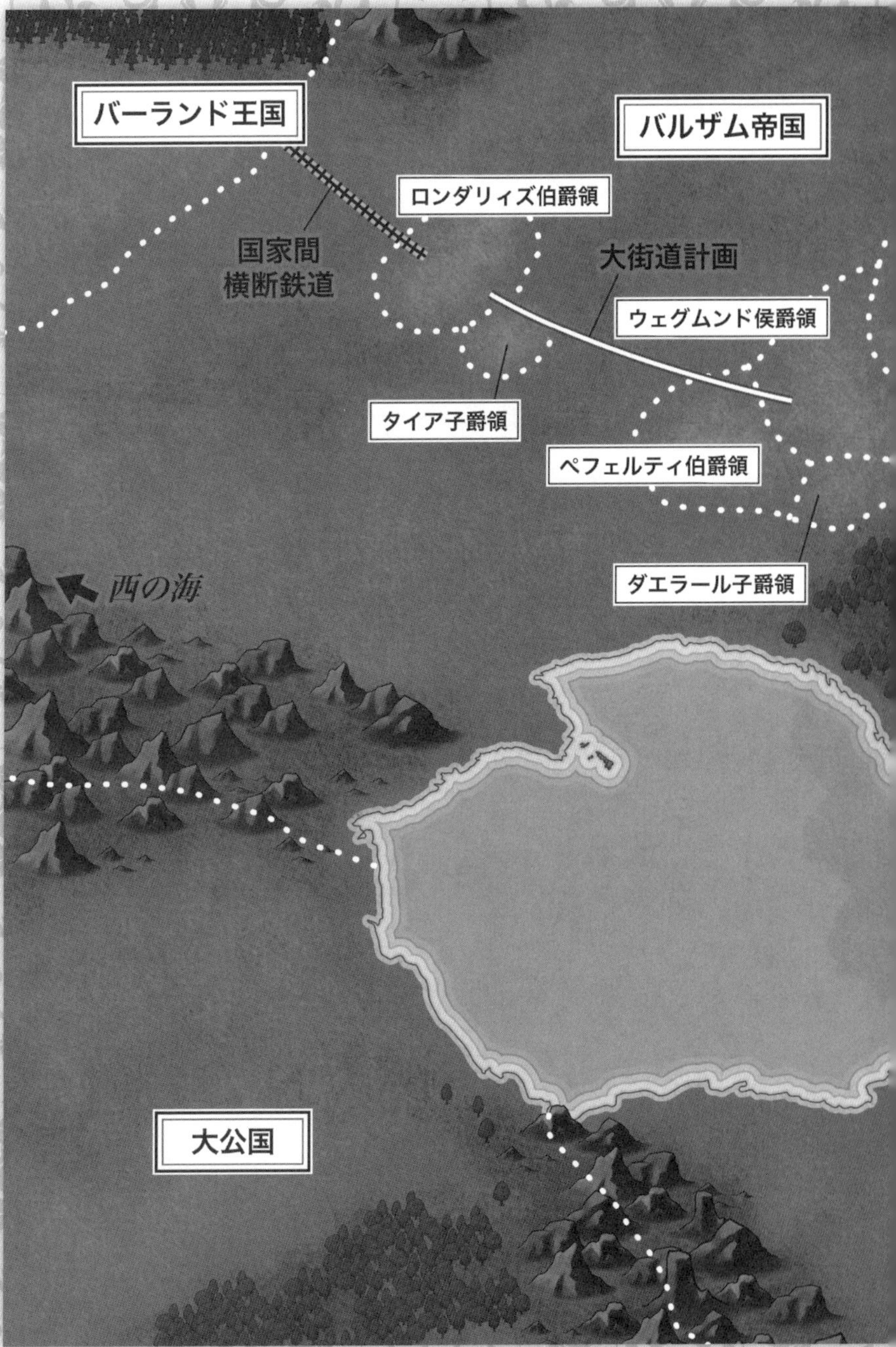

バーランド王国
バルザム帝国
ロンダリィズ伯爵領
国家間
横断鉄道
大街道計画
ウェグムンド侯爵領
タイア子爵領
ペフェルティ伯爵領
ダエラール子爵領
西の海
大公国

序章　ある日の夜会と青春の陰。

「ウルムン子爵と喧嘩した……？」


宰相夫人であるアレリラ・ウェグムンドは、エティッチ・ロンダリィズ伯爵令嬢が立食の夜会で告げた言葉に、淑女の微笑みを浮かべたまま首を傾げた。

すると肩口で、コテで緩く巻いた黒髪がふわりと跳ねたので、軽く押さえる。

その間に、アレリラが宰相……イースティリア・ウェグムンド侯爵と結婚した際に、誤解を正すのに一役買ってくれた公爵令嬢、ミッフィーユ・スーリアも驚いて問いかけていた。

「一体、どうなさったの？」

鳶色の瞳に、ストロベリーブロンドの髪を備えた愛らしい美貌の少女だ。

それに、ぷんぷんと淑女らしからぬ怒り顔で、エティッチ・ロンダリィズ伯爵令嬢が答える。

「だってあの方！　今さら『ロンダリィズ伯爵家のご令嬢なら、自分よりももっといい人が……』とか言い出すんですのよ!?　全くわたくしのことを分かっておりませんわ！」

エティッチ様は、莫大な富を蓄えている有名伯爵家の次女である。

長女は隣国へ嫁ぎ、家督は長男が継ぐことが決まっている為、公爵家の三女であるミッフィーユ様同様、それなりに自由な立場だ。

そんな彼女に、ウルムン子爵を紹介したのはアレリラだった。

「もっといい人なんて、必要ないですわよねぇ～。エティッチお姉様は、のんべんだらりと平和に生きたい方ですものねぇ～」

「ええ、ええ。金魚のフンのように、権力の陰でコソコソ陰口叩いているのが好きですものね」

「その通りですわ！　あなた方と同じですわ～！」

エティッチ様は、彼女自身を以て含めた『噂好き三人娘』の残り二人の言葉に、ビシッと指を突きつける。

そんな、いつものやり取りはともかく。

「……何故、それで喧嘩に？」

アレリラには不思議だった。

自分も18歳の時、ボンボリーノという青年に婚約破棄された際に、言葉こそ違うが同じような理由で別れを告げられている。

「エティッチ様が合意なさるならそれまでの付き合いになり、望まないのなら、話し合いをすればよろしいだけの話では？」

「違います～！　そういう問題ではないのですわ～！」

「そう、なのですか？」

アレリラは、微笑みを保ったまま、内心でさらに疑問符を浮かべる。

そもそも彼女らのお付き合いに関しては、正式な婚約以前の状況であり、元々はウルムン子爵が女性に慣れる為の訓練として始まっている。

特に家同士の取り決め等もないはずなので、破談となってもやはり支障はないように思えた。

「こういう事に関して、アレリラお姉様のご意見は参考になりませんわよ。ねぇ、アーハちゃん！」

するとミッフィーユ様が、エティッチ様側に賛同し、もう一人の立ち話の参加者に話を振る。

アーハ・ペフェルティ伯爵夫人。

プラチナブロンドの髪に緑の瞳、少しふくよかで小柄な彼女は、ぱっちりと大きな瞳に肉感的な唇を持つ美女だ。

そして、ボンボリーノがアレリラに婚約破棄を告げた際に、彼の腕にぶら下がっていた張本人でもある。

その事件に関しても、色々あって和解？　し、今の彼女はアレリラの数少ない友人の一人だ。

「そうかしらぁ〜？　ワタシも、ちゃんと話すのは大切だと思うけどぉ〜？」

ふわふわと明るい雰囲気の彼女は、長身で鉄面皮と呼ばれる自分とは正反対なのだけれど、元は商売人の娘なので、金勘定に関してはシビアで芯の部分は逞しい。

感情豊かな彼女は、腕を組んで頬に人差し指を当て、唇を尖らせた。

「だってワタシの場合、相手はボンボリーノだしぃ〜。言っても分からないことあるわよぉ〜？」

「なら、アーハちゃんがもし、ウルムン子爵みたいなこと言い出したら？」

「え～？　『またおバカなこと言ってるわねぇ～！』で終わっちゃうかもぉ～」

「あ～……」

ミッフィーユ様が目を泳がせるのに、アレリラも静かに頷く。

「確かに。そういう意味では、アーハ様のご意見もあまり参考になりませんね」

「でしょぉ～？」

ボンボリーノはボンボリーノで、一般的な男性に比べてかなり特殊な部類の人間なのだ。

「ですがやはり、お互いの意見に食い違いがあるのなら、冷静に話し合うのが最適解でしょう」

「相手がイースティリアお兄様なら、それで話が通じると思うけどね……っていうか、アレリラお姉様やアーハちゃんは、じゃあ夫婦喧嘩とかしないの？」

「いたしませんね」

「しないわねぇ～！　というか、『ならない』感じかしらぁ～？　ボンボリーノは怒らないしぃ～、ワタシもボンボリーノに怒っても仕方ないしぃ～」

ひどい言いようだけれど、事実ではある。

『だってボンボリーノだから』で全て説明出来てしまうのが彼の得なところでもあり、悲しいところでもあった。

「わたくしに関して言えば、イースティリア様は、異論があれば理由を含めてご説明して下さいます。理の通らないことは仰いませんし、お互いに感情的になることも、今のところございません」

「アーハちゃんもアレリラお姉様も、それぞれ逆の意味で参考にならないのは分かったわ」

「本当に、全く参考になりませんわ〜！」

はぁ、とミッフィーユ様とエティッチ様が同時にため息を吐くが、愚痴を言っていても問題が解決する訳ではない。

喧嘩をしている、という状態でも、どうやらエティッチ様に『破談』という選択肢がないことだけはアレリラにも分かった。

「エティッチちゃん、『貴方が良いのよぉ〜！』ってちゃんと言わないと、伝わらないわよぉ〜！」

「ええ。エティッチ様が『権力や家格といったものを相手に求めておらず、人格的にも貴方で問題ない』のだと伝えるのは、報連相の観点からも大切なことかと」

これに関しては、アーハはアレリラと同意見のようなのだけれど、今にも地団駄を踏みそうな様子のエティッチ様は納得しない。

「それでもわたくしは、言わなくても分かって欲しいのです〜！　察する力は平和に生きるために大事なものですわ〜！」

「よく理解出来ません。互いの価値観がある以上、擦り合わせなければ軋轢の元になるだけでは？」

「エティッチちゃんの言いたいことは分かるけどぉ〜、期待して怒るだけ損じゃない〜？」

「わたくしはまだ青春真っ盛りですの！　お姉様がたのように割り切れないのですわ〜！」

「まぁでも、喧嘩する相手がいるだけ良いじゃない。わたくしなんて、そもそも相手がいないんだから、贅沢な悩みよね！」

　どうやらこの話題に飽きたのか、ミッフィーユ様がそんな風に口にすると。

「ミッフィーユ様は単に、選り好みし過ぎなだけですわ～！　腹黒ですし～！」

「それですわよね。若さにあぐらを掻いている内に売れ残ってしまうかもしれませんわ」

「エティッチ様より男の趣味にうるさいですし、ワガママですものねぇ～、権力関係で条件も限定的ですしねぇ～」

「……貴女たち？」

「「し、失礼いたしました！」」

　隙間があれば、コロコロと楽しそうに悪口ギリギリの嫌味を口にする三人娘を、ミッフィーユ様がジロリと一瞥すると、全員一斉に背筋を正す。

　そんな彼女らに、また一つため息を落としてから。

「あーあ、でもショコラテお姉様もうるさいし、わたくしも何かしないとね～……」

　ポツリと口にしたのは、彼女の姉に当たる女性の名前だった。

　ショコラテ・バルザム第二王子妃殿下。

　この間、アレリラは彼女の口利きでお茶会に招いていただき、ミッフィーユ様を大人っぽく長身にしたような外見の彼女から、友好の証としてドレスの下賜を賜った。

　彼女もアレリラ同様、女性にしては長身なので、さほど手直しも必要なくありがたい話である。

　その際に『イースティリアお兄様とアレリラ様の堅物夫婦……推せる……！』などと意味の分か

らないことも仰っていたけれど。

　それはともかく。

「ミッフィーユ様。何か、というのは婚活でしょうか？」

「う～ん……でも別に、そこまでして結婚したい訳ではないというか……好きな人がいたらしたいかな、くらいなのよね……」

「もうすぐ、貴族学校もご卒業ですしね」

「ええ。単位はとっくに取り終えて暇だから、大して生活が変わる訳じゃないんだけど……」

　そんな彼女に、アレリラは一つ提案をする。

「では……少し、秘書官の仕事を体験してみますか？」

「え？」

「何かをなさりたい、ということでしたら、有益かと。もし肌に合えば、少々働いていただけると助かります」

　アレリラは、結婚以前よりイースティリア様の秘書官として働いている。

　が、ウェグムンド侯爵家の女主人として動く為に仕事の量を減らす必要がある為、現在、二人の秘書官を雇い入れて指導しているところだ。

　が、少々問題が出てきたので、人数を増やすことを検討しているのである。

「わたくしが？　イースティリアお兄様の秘書官として働くの？」

「ええ。もちろん、最初から正式採用ではなく、見習いという形にはなりますが」

ミッフィーユ様は公爵令嬢であり、祭典やお茶会などの経験は豊富なものの、家柄から働いた経験はないので、実務能力については未知数。

けれど、賢さや立ち振る舞いを見る限り、適性はあるように思えた。

するとミッフィーユ様は少し考えてから、こちらを上目遣いに見る。

「確かに、面白そうね。上司がイースティリアお兄様というのが引っかかるけれど」

「イースティリア様は、ミスには寛容な方かと」

「でも杓子定規じゃない」

「仕事が正確なのは良いことでは？」

「……まぁ、アレリラお姉様ならそう言うわよね」

と、少々ゴネつつも、ミッフィーユ様は最終的に了承した。

そんな風に歓談していると、背後からボソリと男性の声がする。

「ちっ……陰気臭い大女が……」

舌打ちと共に聞こえたそれは明らかに、アレリラのことを指した言葉。

昔、同じような言葉を言われたことを思い出したのだ。

振り向くと、呟いた相手は通り抜けざまに口にしたようで、その背中だけが見える。

――あれは。

後ろ姿だけだが、おそらく、ヌンダー・マンゴラ伯爵令息だろうと見当をつける。
彼は、貴族学校時代の同窓であり。
常に、アレリラに次いで学年二位の成績を修めていた青年だった。

第一章　どうやら、誘拐されたようです。

時間は遡り、ある日の勤務中。

イースティリア様が昼食時に王太子殿下に呼び出されて、席を外していた時のことだ。

宰相執務室のドア前を掃き掃除していたアレリラは、偶然、室内にいる二人の会話を耳に挟んだ。

「この仕事、楽だなー」

「そう?」

アレリラは一人なので早めに食事を済ませていたが、今は昼休憩中。

なので、誰がどのような会話をしていても構わない、のだけれど。

その相手は、アレリラの仕事を振り分けている、新たに雇った二人だった。

一人は、ニードルセン・ファルケ伯爵令息。

元々家督を継ぐ立場にない彼は、貴族学校卒業後に秘書官として帝城で雇われた青年だ。

有能という触れ込みで、評判通り仕事ぶりにそつはなく早いが、言動の軽さが目立つ。

彼に答えたもう一人は、ノークという女性。

没落し、爵位を返上した子爵の元・御令嬢だ。

平民となった時に肩口まで短くした、という黒髪くらいしか特徴のない寡黙な女性である。

彼女も手に職をということで、最初は第二王子妃の侍女として帝城に仕えたそうだ。

しかしその後、『計算に強い』という理由で、何故か会計事務官の補佐になったという。

そこで、仕事の速さは普通だが仕事ぶりが堅実、と評価されていたので、今回抜擢したのである。

記憶にある限り、彼らは貴族学校でアレリラの三つ下の学年にいたはずだ。

もしかしたら、二人は学友だったのかもしれない。

「なんだよ、お前は楽だと思ってねーの？」

「貴方が、アレリラ様ほど仕事が出来るのなら、それを口にしても良いと思うけど」

どうやら、ノークさんは彼の意見に賛同できないようだ。

「ウェグムンド夫人かー……良いよなー、宰相閣下は。ちょっとお堅いけど仕事が出来る美人秘書を嫁さんにしてさー。あんな人にサポートされたら、俺も同じくらい仕事出来るんじゃねーかなー」

「ずいぶん自信があるのね」

どことなく呆れた様子のノークさんの言葉を聞きながら、アレリラは一つ頷いた。

――なるほど。では、カリキュラムを早めに変更しても良さそうですね。

進捗を早められるのなら、それに越したことはなかった。

そもそも彼らを新たに召し上げたのは、アレリラが侯爵夫人の仕事をする時間を作る為。

元々、イースティリア様と新婚旅行に出かける際には、ある程度自分たちで日常業務をこなせるようになって貰う必要があるのだ。

そう思いながら掃除を再開すると、ガチャリとドアが開いてニードルセン氏が姿を見せる。

「あれ、ウェグムンド夫人、何してるんです？」

「手が空いているので、軽く掃除を」

「……侯爵夫人の仕事じゃないと思うんですが」

「宰相秘書官であろうと、侯爵夫人であろうと、職務中は事務官の一人です。環境を清潔に保つのは全員の仕事で、あなた方を召し上げていただいたお陰で、わたくしは時間に余裕がありますし」

「はー。なるほど……？」

ニードルセン氏が、曖昧に首を傾げた。

実際、アレリラは今日の夕刻までに終わらせなければいけない仕事を、あらかた午前中に済ませていた。

彼らを雇い入れるまでは、今分担している仕事を全て終わらせた後に、イースティリア様の執務室で仕分けとミーティング、重要業務の補佐をしていたのだ。

――確かに、楽といえば楽ですね。

そう思いながら、アレリラはニードルセン氏の背中を見送り。

仕事の再開時、イースティリア様が早速予定を組み直した。

「昼から、ニードルセン氏にはノークさんの仕事を含めて処理をお願いいたします」

「「え？」」

「ノークさんにはその間、現在わたくしの担当している分の業務を覚えていただきます。それが済んだら、交代してニードルセン氏にも」

「いや、ちょっと待って下さい、何でいきなり!?」

ニードルセン氏の言葉に、アレリラは無表情のまま、首を傾げる。

「何か問題が？」

「いや、業務量が一気に二倍になったら、誰でも不思議に思うはずですが!?」

意見をはっきり口にする点は、評価に値する。

アレリラは一つ頷いてから、彼の疑問に答えた。

「二倍といっても、さほどの量ではないかと」

「…………は？」

ニードルセン氏のポカンとした顔を見つつ、アレリラは淡々と言葉を重ねる。

「現在、お二方に任せている業務は、元々わたくしが一人で担当していた分になります。慣れていただく為に三等分しておりましたが、わたくしが私用で抜ける間は全て、お二人でこなしていただくことになりますので」

何故か引き攣って黙り込むニードルセン氏に代わり、ノークさんが口を開く。

「……なるほど。私たちはまだ研修中だった、ということですね」

「はい。他に、何か疑問はございますか？」

「……いえ」

「では、よろしくお願いいたします。それと、わたくしは先ほど、偶然あなた方の会話を耳に挟みました」

「……！」

「黙っておくのは誠実ではないですし、一つ誤解があるようなのでお伝えしておきますが。わたくしどもはあくまでも補佐であり、仕事の性質は閣下の職務とは全く違うものです」

アレリラはいつも通り、背筋をピシッと伸ばしたまま、これまた何故か青ざめたニードルセン氏の顔を見て、告げる。

「閣下は重い責任を抱えた上で、我々以上の仕事をこなし、領主としても働いておいでです」

その誤解だけは、解いておかなければならない。

イースティリア様が有能なのは、アレリラの補佐があるからではないのだ。

「同等の仕事をこなせる自負があるのなら、この程度で狼狽えぬようお願いいたします」

「いや……はい、申し訳ありません」

「……？　特に謝る必要はありませんが」

ニードルセン氏が謝罪を口にした理由が分からず、アレリラが小さく首を傾げると。

「おそらくファルケ伯爵令息は、軽口を叩いたことを咎められている、と考えています」

と、ノークさんが完璧なタイミングで疑問に答えてくれたので、納得する。

「なるほど。軽口程度のことを咎めるつもりはありません。わたくしは誤解を解いただけです」

「え？　……あ、はい。分かりました……？」

明らかによく分かっていない顔をしているが、これ以上は時間の無駄になる。

「では、昼からの仕事に取り掛かりましょう」

アレリラがそう告げると、ニードルセン氏はそそくさと自分の席に戻った。


それから、ほんの数日後。

「……閣下、申し訳ございません」

アレリラは頭を下げながら、書類に目を落としているイースティリア様に声を掛けた。

基本的に職務中は、たとえ夫であろうとも『宰相閣下』と呼ぶようにしている。

特に、他の誰かがいる場では。

「どうした」

「秘書官を、二名ほど補充する必要があります」

そう口にすると、イースティリア様が目線を上げて軽く目を細めた。

不機嫌に見えるが、これは何かを訝しんでいる時の表情である。

後ろで、ニードルセン氏とノークさんが緊張する気配も感じた。

「理由を」

「はい。適性の問題です」

「なるほど」

「わたくしの見積もりが甘かったようです」

「補佐で構わないか？」

「一名は臨時採用で、三人体制を希望しております。月曜日と土曜日に補佐一名を」

「分かった。手配してくれ」

「ありがとうございます」

イースティリア様が頷かれたので、アレリラが再度頭を下げると。

「ち、ちょっと待ってください！　俺たちじゃ能力不足ってことですか!?」

ニードルセン氏が、焦ったような口調で言葉を発する。

アレリラは彼を振り向き、小さく首を傾げた。

「……？　適性の問題、と言ったはずですが」

「だから、力不足って意味でしょう!?」

「……ニードルセン、やめなさいよ」

ノークさんが、クイクイと彼の服の裾を引く。

しかし、ニードルセン氏が引き下がるかどうか判断する前に、イースティリア様が口を開いた。

「ニードルセン。おそらく誤解があるが、アレリラが口にした『適性』と『能力』は別の話だ」

そこで、アレリラも気付いた。

「申し訳ありません、ニードルセン氏。適性、というのは、魔術適性のことです」

「……それが、仕事とどう関係が？」

「アレリラは身体強化の補助魔術を事務官の範疇を超えて、長時間維持できる」

イースティリア様の仰る通り。

アレリラは、身体強化の補助魔術に他者よりも遥かに適性があった。

貴族学校で、英雄と呼ばれる者たちが扱うような補助魔術の存在を文献で知って試したところ、行使出来てしまったのである。

それから訓練を重ねて、日常生活においてもその魔術を維持し続けられるようになっていた。

「……身体強化の補助魔術は、我々も使っています。普通のことでは？」

「アレリラは、全力で動き続けても疲労を感じないレベルの補助魔術を、14時間連続で維持し続けられる。同様のことが出来るのか？」

「…………は？」

ニードルセン氏は、その言葉にポカンと口を開いた。

貴族は元々、平民に比べて強い魔力を生来保持している。

歴史を遡れば、貴族という存在そのものが『強い魔力を持つ』から権威を備えたと言ってもいい。

貴族令嬢すら、屈強な平民男性でも太刀打ちできない程の魔術を行使できるのである。

基本的に貴族全員が通うことを義務付けられている貴族学校も、魔力の強い血筋同士の結びつきを経て高まった魔力を暴走させてしまう事故が多発したことから、魔力制御を教える場として発足したのだ。

「アレリラは非常に優秀だが、能力的な問題に限れば、君とノーク嬢なら大概の仕事は同様の質で捌けるだろう」

イースティリア様は、薄青色の瞳で無表情に淡々と告げる。

「が、人は疲れるものだ。朝から夕刻まで常に集中力を維持し続け、同程度の量を同じ速度と質で捌き続けることは困難だ。アレリラは出来るが、君たちには出来ない」

つまり、適性の問題なのである。

この適性というのは『瞳の力』と呼ばれるもので、その色によって適性が分かれる。

例えば、金や赤の瞳は攻撃魔術の素質があり、銀や青の瞳は治癒や防御魔術に優れる……等、ある程度得意とする分野が決まっていた。

『紫瞳《しどう》』と呼ばれる瞳や、バルザム王家の『紅玉の瞳』など、特別な色合いの瞳は特殊な力を行使できたりもする。

アレリラ自身に関して言うなら、攻撃魔術が極端に不得手であり、補助魔術に適性があるのだ。

これは、個人の努力でどうにかなる範疇を超えている。

防御魔術に優れるイースティリア様も、アレリラより維持時間は短いが、似たような魔術を使って集中力を保っているのだ。

「三人体制にする、というのは、あなた方の疲労を鑑みての話です」

業務量を増やしてから、明らかに二人には疲労が見て取れた。

人材を使い潰すのは、イースティリア様にとってもアレリラにとっても本意ではない。

「また、補佐を月土、と指定したのは、休養日の前後は通常よりもさらに仕事が増えるからです」

今はアレリラが入っているから問題ないが、抜けた時にその前後の負担が重くなり過ぎる……という点を考慮しての、増員要請だった。

「あなた方の能力を見くびっている訳ではありません。長く勤めていただきたいので、その為の措置です。何か、質問はありますか？」

「……いえ、ありません」

苦虫を噛み潰したような顔で、ニードルセン氏は自分の席に腰を下ろし。

「……流石はアレリラお姉様……っ！」

と、ひどく小さな声で、ノークさんが何かを呟いた。

「ノークさん。何か？」

「い、いいえ！　何でもありません！」

何か質問があるのかと思ったのだけれど、ノークさんが珍しく慌てた様子で首を横に振る。

「あの……」

「はい、ニードルセン氏」

「……早とちりして、すみませんでした」

「問題ありません。説明をしなかったわたくしの方にも非があります。ですが、宰相秘書官として、少し感情を抑えることは覚えてください」

「……はい」

しょげた様子のニードルセン氏に、しかしそれ以上、掛ける言葉は思いつかなかった。


――こういうところですね。


これがボンボリーノやアーハならば、ここで気分を晴らすような言葉を言えるのではないだろうか、と思いつつ。

アレリラは、増員の人員選抜候補を挙げるために、一度資料室に赴くことにした。

ということがあって、補佐要員としてミッフィーユ様を誘った後。

――『陰気臭い大女が』。

たった今、そう呟いて去っていったヌンダー様との学生時代のやり取りを思い返す。

当時から、成績で常に一人だけ彼の上にいたアレリラのことを、ヌンダー様はおそらく嫌っていた……と思われる。

また、元々はボンボリーノと共にいる人物の一人だったのだけれど、どうやら彼やその周りとソリが合わなかったようで、徐々に疎遠になっていたことを覚えていた。

ヌンダー様は、少々口が悪く皮肉屋な側面がある人物で、そういえばあの手の言葉は、ボンボリーノと一緒にいる時に何度か言われたことがある。

『家柄と成績は関係ないのが救いだな、ダエラール嬢』

『おやおや、ボンボリーノ。彼女と並ぶと随分背が低く見えるぞ』

『堅苦しい喋り方だ。ご令嬢とは思えんな』

気にしていなかったが、そうした諸々がすぐに思い出せるくらいには、印象に残っていた。

しかし、今をもって嫌われているとなると、これは。

「少々、困りましたね」

アレリラは実は、三人目の秘書官にヌンダー様を勧誘するつもりだったのである。

ここで出会ったのは偶然だけれど、すぐに思い出せたのはそうした理由があったから。

調べたところ、彼は常に帝都にいて、マンゴラ領の名産である治癒の魔薬を売る役目を担っているようだ。

が、その品質が近年下がっていること、ウルムン子爵領が質の高い治癒の魔薬を販売して頭角を現していることなどから売上が落ちており、納税額が少なくなっているのが資料に記載されていた。

また、マンゴラ伯爵位と領地に関しても、伯爵が凡庸な兄と優秀な彼のどちらに継がせるかを長い間迷っていたようだが、結局、兄が嫡男に指名されていた。

おそらく近々、販路も縮小するだろう、というのが、イースティリア様の読みだったので、マンゴラ伯爵家は金銭的に困窮している可能性が高い。

ヌンダー様自身は優秀で、なるべく販路を維持していたようだが、元となる商品の質の低下が原因となると営業努力だけではどうしようもない。

そうした諸々を鑑みて、勧誘予定だった。

——来てくれるなら、ありがたいと思っていたのですが。

学生時代の対抗心をこの歳まで引きずっているとなると、少々評価を見直さなければならないかもしれない。

けれど他の勧誘できそうな候補者は、彼や現在の秘書官らに比べると能力的に見劣りする点があるのだ。


――一度、持ち帰りましょう。


この出来事に関して説明して、イースティリア様のご意見も伺いたい。

そう思い、意識を切り替えてアレリラは再び、ミッフィーユ様がたとの歓談に戻った……の、だけれど。

その後に起こった事件のせいで、事態は思わぬ方向に転がっていった。


「誘拐された、だと？」

報告を受けたイースティリアは、その話を届けに来た秘書官、ニードルセンの言葉にスゥ、と目を細めた。

「いつだ」

「つい先ほど馬車に男性と二人で乗り込み、屋敷を離れたことが確認されています……！」

「時間は、なるべく正確に報告しろ。先ほどとはいつだ」

「え、あ……お、おそらく30分～40分ほど前、かと！」

ニードルセンの緊張した顔を眺めながら、イースティリアは頭を回転させる。


――ノータス侯爵は、この件に関わっているのか？


この夜会の主催者を思い浮かべながら、イースティリアはニードルセンに問いかける。

「犯人の要求は？」

「ペフェルティ領金山の利権、だそうです」

「……」


――その要求が、誘拐という手段で本当に通ると思っているのか？


ペフェルティ領の金山、というのは、最近ボンボリーノが発見したものだ。

現在はアレリラが所有権を有しており、確かにそれ自体は莫大な財産になる権利ではあるが。


――領地同士で争っていた旧時代でもあるまいに。

多くの権利が各領主の裁量に任されていたのは、昔の話だ。

現在は、金の流れと所有権が法によって整備され、明確化している。

そんな中、条件付きで国の承認を受けて譲渡された金山の所有権が、突然アレリラ以外の誰かの手に渡れば、国が調査に動くに決まっている。

というか、そもそもイースティリア自身がそうした不正を見逃さない為に、この立場にいるのだ。

「この件、ノータス侯爵には？」

「伝えてません。というか、まだ俺と宰相閣下を含めて、四人しか知らないです」

今回の夜会はノータス侯爵という、ウェグムンド侯爵家とは別派閥の人物によって開催されたものだ。

王家の敵対派閥、という訳ではなく、親王家派の中でウェグムンド侯爵家とは別の派閥という意味である。

故に、王家と繋がりの深いミッフィーユやエティッチらも誘われているのだ。

この派閥はこの間、少々外聞の悪い事件を起こした。

『魔薬が派閥の中で蔓延する』という事件で、イースティリアがアレリラに、残業で忙殺される中で求婚する原因になった。

今回の招待は、尻拭いをしたイースティリアらへの慰労を含んでいる……と、聞かされていたのだが。

――これを狙って招待したのか？

ノータス侯爵は、そこまで浅はかな人物ではないと思っている。

詳しい情報がない中で予断は禁物だが、可能性は考慮する必要があった。

「ここです」

ニードルセンに休憩室の一室に案内されたイースティリアは、メイドが開けたドアから中に入った。

「ボ、ボンボリーノが誘拐された……？」

あの後。

歓談の途中で、姿が見えない彼を探しに行ったはずのアーハが、青ざめた顔で一枚の手紙を握りしめてアレリラを休憩室に引っ張っていった。

そこで聞かされたのが、冒頭の言葉だったのだ。

思わず名前を呟いてしまってから、小さく首を横に振る。

「失礼いたします。その手紙を読ませていただいても？」

「うん……！　どど、どうしたら良いのぉ～？」

「少々お待ちを」

受け取った書面には、『ペフェルティ伯爵の身柄を無事に返して欲しくば、金鉱山の権利を寄越せ。このことは誰にも言うな』というような言葉が、丁寧に書いてあった。


――情報が少々古いのでしょうか？


現在、金山の権利を所有しているのはアレリラである。

ボンボリーノを攫ったところで、その所有権を持つアレリラに話を通せば、最終的にイースティリア様……この国の宰相に伝わってしまうのだが。

「ねぇ、死んじゃう？　ボンボリーノ、死んじゃうのぉ～？」

「アーハ様」

「何でボンボリーノが？　何で？　金山の権利って、どうやって渡せばいいのぉ～？」

「アーハ様」

「ねぇ、アレリラちゃん、わ、ワタシどうしたら……！」

狼狽え、混乱したまま騒ぎ続けるアーハに、アレリラは深く息を吸い込み。

「ペフェルティ伯爵夫人！」

と、声を張った。

「！」

「まずは、落ち着きましょう。取り乱して何が解決するのですか。主人がいない時、次に家の者が頼りにするはずの女主人が、揺らいではなりません。内心がどうであろうとも、です」

息を呑んだアーハに静かに近づいたアレリラは、彼女を席に座らせる。

そして、静かに抱きしめた。

少しふくよかな彼女の体は、汗が冷え切っていて冷たい。

「心配でしょう。不安だと思います。ですが、どうか。彼が誘拐されてから、さほどの時間は経っておりません。まだ、追えます」

「アレリラ、ちゃん……」

「ご安心を」

アーハがこちらの背中に手を回してくるので、アレリラは抱きしめる腕の力を強めた。

「ペフェルティ伯爵は、やはり〝黄竜の耳〟をお持ちです。僥倖ですよ。この場には、イースティリア様がいらっしゃいます。まずは、状況をお伝えしましょう」

「で、でもぉ〜、手紙には、誰にも喋るなってぇ……」

――既にわたくしに話していますが。


と、ここで突っ込むのは少々分別に欠けるので、口にはしない。

アレリラは彼女の肩口から顔を離すと、ぼろぼろと涙を零しているアーハに微笑みかける。

「まずは状況の把握です。伝令は……ニードルセン氏にお願いしましょうか」

彼も、宰相執務室の一員としてこの夜会に参加していた。

色々手配をしてから、アレリラは再びアーハに向き直る。

「ボンボリーノ、見つかるのぉ～……？」

「ええ。イースティリア様は〝鷹の目〟をお持ちですから」

公《おおやけ》に口にする訳にはいかないが、彼には帝国内でも極めて優秀な〝影〟が、昼夜を問わず常に張り付いている。

中央大陸で最大の勢力を誇る大国の、歴代でも特に有能な宰相である。

この〝影〟は帝王陛下の直属であり、どこにいるかも分からず、イースティリア様以外の人間がどれほど危険な目に遭おうとも動くことはないが、情報自体は提供してくれる。

ボンボリーノに関しても、アーハに聞かされた直後に、どこかから『30分前。馬車にて貴族男性と共に西の方角へ』と声が聞こえていた。

「アーハ様。ペフェルティ伯爵は、必ずお救いいたします」

「うん……アレリラちゃん、お願いしますぅ～……！」

またボロボロと泣き始めた彼女にハンカチを差し出してから、アレリラはイースティリア様の到着を待った。

ニードルセンは、休憩室の隅っこに移動しながら、ガチガチに緊張していた。

――いや、マジかよ。誘拐事件ってどういう事だよ。

しかも、普段から二人揃って鉄面皮で仕事に厳しい上司夫妻が、今はピリピリと覇気でも纏っているのかという緊張感を漂わせている。

「屋敷の警備体制はどうなっている?」

「連れ出したのは貴族男性だそうです。参加者同士であれば、警備の人間も警戒はしないかと。馬車に乗り、西の方へ向かったそうです」

どうやってそれを知ったのか、アレリラ夫人がそう口にするのに。

「間違いないか?」

と、まるで独り言のように宰相閣下が呟く。

この二人は、意味が分からないほどに意思疎通が出来ているのだ。

一言でお互いの言い分を理解して話を続ける為、全くついていけないことがたまにあった。

それまで自分をかなり優秀な方だと思っていたニードルセンは、秘書官になってからこっち、この二人に自尊心をバキバキに叩き折られている。

「お心当たりはございますか？」

アレリラ夫人の問いかけに、宰相閣下が目を閉じた。

「少し付き合ってくれるか」

「何なりと」

「参加者の中で、ペフェルティ伯爵と共に居て不自然でない男性は？」

目を閉じたまま席につき、顔の前で両手を合わせた宰相閣下は、夫人に問いかける。

「まず、主催者であるノータス侯」

「誘拐の推定時間には、会場にいた。緊張している様子はなかった」

「次いで、ウルムン子爵」

「エティッチ嬢を探して逃げられていたな。庭のベンチでしょげていたのを見かけている」

そこから、さらに数名アレリラ夫人が淡々と名前を挙げ、それにノータイムで宰相閣下がどこにいて何をしていたかを答えていく。

——さ、参加者全員の名前とその時間帯の行動を、覚えてんのか……？

　ニードルセンは戦慄し、そんなはずはない、と頭の中で否定するが。

「最近ペフェルティ伯爵と交流はない、と思われますが。ヌンダー・マンゴラ伯爵令息」

と、アレリラ夫人が口にした瞬間、宰相閣下が目を薄く開く。

「推定時間に会場から姿を消している。確か、学友だったはずだな」

「はい」

「条件にも合致する。西の方向で、マンゴラ伯爵家、あるいは商会の所有地は？」

「西方向だけという条件で限定するのでしたら、川航路近辺の貸倉庫、中央通り二番小路にある中流層向けの販売店、マンゴラ伯爵家がセカンドハウスとして所有している、三番通り壁路にある小規模の高層アパートメントの一室。以上です」

「……!?」

　本気で会場内の人間を全員覚えていたらしい宰相閣下もだが、問われただけでスラスラと情報が出てくるアレリラ夫人に、ニードルセンは顔を引き攣らせる。


　――この人ら何者だよ、マジで。


　もちろん宰相秘書官は、そうした情報を調べることが可能な立場にいる。

　だが、資料の内容まで詳細に記憶しているのは、はっきり言って常軌を逸していた。

「ニードルセン」

「はいっ！」

「帝城に戻り、貸倉庫と販売店に宰相直轄の捜査兵を向かわせる手配を。私自身は、侯爵家の私兵と共に高層アパートへ向かう」

「わ、分かりました！」

何とか返事を絞り出すと、アレリラ夫人が宰相閣下に問いかける。

「そこが、最も可能性が？」

「伯爵家ぐるみで誘拐事件を起こしているとは思えん。おそらくノータス侯爵の関与もない。となれば、一番人目につかないのはそこだ。三箇所外れなら、捜索範囲を広げる」

「では、万一を考えて夜間に帝都から人を出さぬよう、完全閉門の指示を秘密裏に出します。ニードルセン氏は、その手配もお願いいたします」

最外壁の帝門は夕刻を過ぎれば基本的に人を通さないが、通行許可があれば通れる。

完全閉門は、許可に関係なく通行を規制する措置だった。

「行け」

「はい！」

宰相閣下の一言で、ニードルセンは休憩室を飛び出した。

何度か噛み付いてしまったが、もう完全に理解させられたので、走りながら決意する。

――俺じゃあの二人には、逆立ちしても絶対勝てない。もう二度と逆らわねぇ！

と。


行き先が分かりそうだからか、少しだけ落ち着いたアーハを待たせて。

アレリラはイースティリア様と共に、誘拐事件が起こったことを侯爵に悟られないよう、手短に帰宅する旨を伝えに赴いた。

「やはり、ノータス侯はこの件に関与していないように見えたな」

「はい。馬車、私兵は手配済です。こちらに寄らず直接向かうよう、伝えております」

「そうか。ではアレリラ。君はペフェルティ夫人と共にここに残れ」

イースティリア様がそんなことを口にするので、アレリラは廊下で足を止める。

「何故でしょう?」

アレリラが問いかけると、彼がこちらの手を取り、指先を両手で包んだ。

「指先が冷えている。極度に緊張している証拠だ」

やはり、イースティリア様には気付かれていた。

アレリラは、周りに人がいないのを確認して、小声で告げる。

「……幼い頃より親しんだ方を攫われて、平常心でいられる程、薄情ではありません」

鉄面皮と言われるほど表情が変わらないのは自他ともに認める部分なので、きっと彼以外は誰も気付いていないだろう。

アーハへの叱咤は、自分に言い聞かせていた部分もあった。

あの場でのアレリラの仕事は、気丈に振る舞って彼女を落ち着かせ、少しでも安心させることだったから。

誘拐は、犯人と人質の身柄が確保されるまで、何が起こるか全く分からない。

過去に起こった最悪の事例を挙げるのなら、誘拐した瞬間に殺されていて身代金だけを奪われた、ということもあった。

ボンボリーノもそうならない、とは、限らないのだ。

「……救えますか、本当に」

「憶測で答えられる質問ではない」

イースティリア様は、ハッキリとそう口になさった。

それは冷たいとも思えるような返答だったけれど、それはイースティリア様の誠実さの現れだ。

「推測は出来る。ヌンダーの立場と状況から、ペフェルティ伯爵を殺すつもりなら、わざわざこんな状況で連れ出さないだろうと。だが、それはあくまでも私の予測に過ぎない」

「理解出来ます」

「君とペフェルティ夫人の心労は、察するに余りある。待機を」

再度促されて、アレリラは深く息を吸い込む。

そして、真っ直ぐイースティリア様の目を見つめて、告げた。


「イ、イース。それに関しては、異議があります」


アレリラの返答が予想外だったのか、僅かに目を見開いた彼は、すぐに表情を引き締めた。

「聞こう」

「もし誘拐されたのがわたくしであり、イースが同じ立場でそれを告げられたら、納得して引き下がるでしょうか」

イースティリア様の提案は、優しさから来るものだと分かっている。

しかしそこには、女性だから、という前置きがついているのだ。

「……」

「わたくしたちは、男性に比べて弱く見えることは認めます。しかし我々も人です」

女性だから、男性であれば言われて納得しないことを納得する訳ではない。

「済まない。浅慮だった」

「自分であれば、という視点が珍しく欠けた発言をなさった辺り、イースティリア様ご自身も同様に心労を感じておられるでしょう。条件は同じかと」

「君が正しい。発言は撤回しよう」

イースティリア様は、アレリラの説得に無駄な時間は使わなかった。

そんな時間を使っている場合でもなければ、アレリラが理の通らないワガママを言っている訳でもないからだ。

アレリラは宰相秘書官であり、職務であれば、こうした事態に彼と共に対処する立場である。

イースティリア様に心情の話をしたが、捜査を行い現場に赴くことで迷惑をかけるつもりはない。

「では、行こう。ペフェルティ夫人の身の安全は最大限に確保を」

「心得ております」

イースティリア様の手を離し、アレリラはアーハを迎えに赴いた。


結果として、事件はあっさりと解決した。

アパートメントに向かうと、何故かボンボリーノとヌンダー様が連れ立って部屋から現れたのである。

そして、彼はあっけらかんとこう言った。

『ああ、心配かけちゃった〜？　ごめんね〜！　昔貸してた本を返して貰おうと思ったら、部屋が遠くてさ～！　お酒もちょっと飲んじゃったし～！』

　流石にアレリラが眉根を寄せると、アーハがそれより先に口を開く。

「じゃあ～、これって何なの～!?」

「ああ、これ、アーハに悪戯しようと思って作った冗談の手紙だねぇ～。ゴメンねぇ～！」

　手紙を見て、あはは、と笑うボンボリーノに、アーハはブルブルと両手を震わせた後。


「あなたって、本当におバカねぇ～～～～っっ！」


　と、ボンボリーノの頬に思いっきり平手打ちをかました。

　イースティリア様は、そこで口を開こうとしたアレリラを手で制し、頬をさすってアーハを宥めていたボンボリーノに問いかける。

「それで良いのか？　ペフェルティ伯爵」

「え～？　何のことですかぁ～？」

　ヘラヘラと首を傾げたボンボリーノは、そこで思い立ったように後ろに立つヌンダー様に目を向ける。

「あ、そういえば～。ヌンダーに、仕事なくなりそうって相談されたんですよぉ～。ウェグムンド侯爵、どっか良い就職先知らないですかね～？」

　すると、そこで初めて、イースティリア様がヌンダー様に視線を移した。

明らかに発汗を伴う緊張をしており、呼吸が浅い。

また、正面から見ると記憶よりもかなり頬が痩けている彼は、目の下に隈《くま》があり、随分とストレスを感じる生活をしているように思えた。

「就職先か。……やる気があるのなら、現在、臨時で宰相秘書官を募集はしている。マンゴラ伯爵と共に登城すれば、面接の機会を設けよう」

「あ～、じゃあ丁度いいですねぇ～！　な、ヌンダー。言った通りだろ～？　お前賢いから、雇い口なんていくらでもあるんだよ～！」

「あ、ああ……」

そうボンボリーノに声をかけられたヌンダー様は、イースティリア様とボンボリーノの顔を、信じられないものを目にしたかのように行き来させている。

「後そういえば～、ヌンダーのとこの領地で、川の水が汚くなってるらしいんですよ～！　そーゆーのって綺麗にする方法あるんですかね～？」

「それに関しては原因が分からないので何とも言えないが……大規模な浄水の方法自体はある。君の領地で作っている上下水道でも採用されているはずだが」

「えぇ～？　そうなの、ハニー？」

「何で覚えてないのよぉ～！　浄水の魔導具はあるわよぉ～！」

アーハは、信じられないことに平手打ちしただけで怒りが消えたのか、ボンボリーノの腕にピッタリ張り付いて、いつも通りに答える。

そんなやり取りを横目に、イースティリア様はヌンダー様に目を向ける。

「マンゴラ伯爵令息」

「……はい」

「その気があるのなら、もう少し身なりを整えて、三日後帝宮に来ると良い。どうするかは、君の裁量に任せる」

そう言って、イースティリア様は踵を返した。

「撤収する。どうやら、ペフェルティ伯爵の人騒がせな悪ふざけだったようだからな」

アレリラは、二人で乗ってきた馬車をアーハらの帰宅に回して、イースティリア様と共に馬車に乗り込む。

そして、夜明け間近の街並みを窓から眺めながら、話を切り出した。

「疑問があります」

「聞こう」

「ペフェルティ伯爵は、明らかに嘘をついています。酒の匂いがしましたが、彼はお酒が弱くそもそも苦手ですぐに寝てしまう為、自分からは飲みません。無理に、あるいは騙されて飲まされ、眠っている間に連れ出されたものと思われます」

学生時代に交流のあったヌンダー様は、それを知っている。

「また、あの手紙の筆跡はペフェルティ伯爵のものではありませんでした。そもそも彼は、考え足らずな面こそありますが、あのような悪質な悪戯はなさいません」

アレリラは、本気で疑問に思っていた。

「何故見え透いた嘘に乗って、マンゴラ伯爵令息の犯罪を見逃すのですか」

まして、宰相秘書官の職務につくチャンスを与えるかのような言葉。

あれがもし、伯爵ごと登城させる為の方便であるとしても、三日の猶予の間に逃げられる可能性も高い。

罪を裁くつもりなら、野放しにするのは危険だと思えた。

イースティリア様は、どこかおかしげに僅かに口の端を上げる。

「理不尽な振る舞いをする人間ではない、か。彼に婚約破棄された君がそれを言うとは」

「先日知ったことですが、きちんと理由がありました。そして、納得できるものでした」

「そうだな。つまり、今回もそうだということだ。私はあの言い訳を『表向き、何も起こらなかったように取り計らって欲しい』という要求だと判断した」

彼が小さく首を傾げると、銀糸の髪が僅かに揺れる。

つまり、ボンボリーノはマンゴラ伯爵令息をただ庇っている訳ではない、という話なのだろう。

行方不明の数時間、二人の間でどのようなやり取りがあったのかはアレリラには分からないが、イースティリア様は何かに気づいているようだ。

「その理由が私の推測通りであれば、マンゴラ伯爵令息は逃げないだろう」

「わたくしは思い至りませんでした。ご教授いただいても宜しいでしょうか？」

「ああ。そして先に言っておくが、私はマンゴラ伯爵令息の犯罪を見逃すつもりはない。伯爵と共に帝宮を訪れた際に、伯爵に爵位と領地の返上を促す予定だ」

「なるほど」

宮仕えをしていない貴族が犯罪者となった場合。

帝国法においては、成人していても当主の監督責任が問われる。

爵位の返上とはつまり、貴族の地位を捨てて平民になる、ということで、下手をすれば死罪よりも重い処罰だ。

当主とヌンダー様の責任のみならず、一族郎党、全員が平民になり特権を失うからである。

他領の伯爵を誘拐する、というのは、時代が時代なら領地間戦争が起こってもおかしくない行為なので、妥当ではあった。

「処分する予定であるのに、この場では見逃されたのですね」

「そうだ。事情を聞いた後に、あくまでも、マンゴラ伯爵が自ら爵位を返上する、という形を取る。処罰はするが、穏便に済ませるということだ」

「……あのやり取りの中で、何か、情状酌量の余地があった、ということでしょうか？」

アレリラ個人としては、アーハの心情と金山の利権というあまりにも膨大な彼の要求を慮れば、甘い措置に思えたけれど。

「ヌンダーはおそらく、この誘拐が成功するとは思っていなかっただろう」

「……申し訳ありません。もう少し詳しくお聞きしても？」

「あくまでも推測だが。前提として、マンゴラ領の治癒の魔薬の収益が下がっていた」

「はい。彼を秘書官候補に挙げた理由ですね」

「収益が落ちた原因は、ヌンダーの営業努力ではなく、そもそも魔薬の質が落ちていることだ」

「はい」

「治癒の魔薬は、生成過程において、大量の魔力を含む清浄な水が必要となる。あの領が良質な魔薬の輸出によって発展したのは、水質が良かったからだ」

「……マンゴラ領の水がしばらく前から汚れて困っている、と、ペフェルティ伯爵が述べておられましたね」

「そしてこの誘拐事件だ。要求は、金山の利権……アル。ヌンダーは、金山の権利がペフェルティ伯爵から君に譲渡されていることを、知らなかったと思うか？」

「持っている情報が古いのか、と推測いたしました」

「私はそう思わない。権利譲渡の契約は、金山発見とほぼ間隔なく行われた。金山の情報を知っているのなら、現在の権利者を知らないとは考えられない」

「なるほど」

　確かに、アレリラが金山を所有しているのは公開情報であり、貴族であれば誰でも触れられるものとなっている。

理由は、『発掘された金』そのものの所有権が、国家に帰属する……扱いとしては、国家事業になるからである。

予期せぬ価格崩壊を抑える為に国家の一括買い上げとなっている関係上、所有者の名義が公開されているのだ。

「それら全てを踏まえて、この件が成功すると思うか？　それを成し遂げようと思えば、帝王陛下と国家宰相が知り及ぶことになる」

「仰る通りですね」

実際、居場所の突き止めは、おそらく考えうる限り最速で行われた。

「そこで、被害者であるペフェルティ伯爵の言動だ。ヌンダーは、失敗することを前提としてこの誘拐事件を起こした。失敗し、責任を問われることそのものが目的だったのだろう」

「失敗することが目的……ですか」

詳しく聞いて、疑問が余計に増えた気がした。

「それで、ヌンダー様にどんな利益が……平民になることが目的ならば、わざわざ罪を犯さずとも、伯爵家から独立すれば済む話では？」

『貴族』としての権利を持つのは、厳密には爵位を持つ当主のみである。

家族血縁については、自ら功績を上げて爵位を得る場合を除き、当主の庇護下にある場合にのみ貴族特権を与えられる。

故に、長男が順当に爵位を継いだ場合、貴族家の次男三男が貴族であり続ける為に取れる選択肢は、基本的に三つに限られる。

一つ目は、当主の庇護下で領地運営に携わること。

二つ目は、騎士団に入って一代限りの騎士爵を得ること。

三つ目は、宮廷に仕える事務官となり、一代限りの準男爵位を与えられること。

貴族令嬢に関しては、基本的に婚姻関係を結んでどこかの当主夫人となるか、侍女として宮廷に仕えることである。

この辺りに関しては、いきなり事務官になったアレリラの方が例外なのだ。

秘書官のノークさんも、推薦されて事務官になる前は第二王子妃の侍女である。

「ヌンダーの目的は、平民になることでも伯爵家から勘当されることでもない。父親のマンゴラ伯爵から、爵位を取り上げることだ。故に、最初に述べた処分となる」

アレリラは、そう結論づけられて、改めて考える。

領地の運営不振。

その原因となった治癒の魔薬が質の低下を起こしていること。

貴族学校を次席で卒業し、有能で販路の維持に尽力していたヌンダー様。

「領地を救う為……ですか」

アレリラが出した回答に、イースティリア様は心なしか満足そうに頷いた。

「おそらくヌンダーは、マンゴラ伯爵家と現在の事業では領地を……ひいては領民を支え切れないと判断したのだろう。水質の改善、全く別の事業の開拓、それらに着手する時間も金もなかったのだろうな。……だが『爵位を手放せ』と言って、大人しく領主が従うことなど普通はあり得ない」

「それは、そうでしょうね」

「だからこそ強硬手段に出た、と、そう推測した。他に疑問は？」

「特にございません」

イースティリア様の仰る通りの理由であれば、確かにヌンダー様は逃げないだろう。

そうして裁かれ、諸共処分されることそのものが目的であるというのなら。

「ですが……それなら、素直に救援を要請すれば良かったのでは？」

原因まで判明している状況であれば、領地が困窮していることを国に訴え出れば良い。

現帝陛下も、イースティリア様も、ひいてはアレリラも、そうした訴えを無下にすることはないのだけれど。

「そこは、現行法の問題点だな。領民の連名、あるいは領主か嫡男がそれらを嘆願しなければ、受け付ける段階で弾かれる。いずれ、その辺りも法整備する予定だが」

「なるほど。だから、このタイミングだったのですね」

貴族令息、それも次男には、そもそも嘆願書を書く権利も署名する権利もないのだ。

そうして、どちらの息子に領地を継がせるかを長く迷っていたマンゴラ伯爵が、長男に継がせることを決めたのはつい数ヶ月前のことである。

「そしてもう一つ、マンゴラ領の水質が悪くなった件については、心当たりがある」

「そうなのですか？」

「私が君に求婚した際の、ノータス侯爵派閥の事件を覚えているか？」

「はい。侯爵の派閥内で、精神操作の魔薬が悪用されて蔓延した件ですね」

あの時期はかなり残業が多く、またかなりの騒動になった上に直近の出来事なので、忘れるはずもなかった。

「アレの製造工場は、マイルミーズ湖とマンゴラ領の間にある、魔力の豊富な土地の水辺にあった。製造方法は紛失していたが、おそらく、水が汚れたのはそれが原因だ」

「では……待っていればまた、良質な治療薬を作れるようになったということでしょうか？」

「いや。魔薬製造の影響かは不明だが、土地の魔力はかなり減衰しているようだ。元に戻るか未知数だな」

あの魔薬の件は、南のライオネル王国から『こちらに流入している』という抗議があり、発覚した一件だ。

そしてその後の継続捜査で、南西の大公国に所属する何者かが画策したのでは、という段階までは突き止めている。

かの国は、次の大公選定でかなりきな臭いと言う話も聞いているので、治安が荒れているのかもしれず、またそれに絡んで起こった事件である可能性も高かった。

しかしその話自体は、今回の件については土地の話以外は関係がない。

「本件の采配については、納得いたしました」

「それは良かった」

いつもより、かなり饒舌に言葉を口になさったイースティリア様の表情をふと見たアレリラは、どこかいつもと違う感じがして、首を傾げる。

「……イースティリア様」

「どうした？」

「申し訳ありません。もう一つだけ、疑問がありました」

「聞こう」

「いつもより、大変機嫌が良さそうに見えますが、何故でしょう？」

今の話題や今日の出来事の中に、機嫌が良くなる要素がない、とアレリラは思ったのだけれど。


「君が先ほど、私を『イース』と、自ら呼んでくれたからだ」


イースティリア様の予想外の返答に、思わずピシッと固まる。

それは、『アーハと共に待て』と言われて、アレリラが反論した時の話だ。

改めて彼の顔を見つめると、やはり、いつもよりかなり目の色や表情が柔らかい。

「失礼ですが……そのくらいの、ことで？」

「どのような状況であれ、部下や侯爵夫人としてではなく、君が一人のアルとしての顔を私に見せてくれること、対等な立場として要求を口にしてくれることは、どうやら私にとって非常に喜ばしいことのようだ」

そこからさらに優しく微笑み、イースティリア様がアレリラの頬を軽く撫でる。

「私たちは、少し変わり者だと言われる。それでも、そうしたやり取りが出来る様になった分だけ、ごく一般的な夫婦に近づけている気がするのだが、どうだろう？」

「……分かりません。ですが、そう……」

アレリラは、小さく目を伏せる。

もしかしたら、耳が少し熱いのを悟られてしまっているかもしれない。

「改めてそう言われると、少し、気恥ずかしさを覚えます……」

ボンボリーノは、自他共に認めるバカである。

アーハと共に夜会に参加し……久しぶりに会ったヌンダーに勧められた飲み物をそのまま飲んで、すぐに寝てしまった。

そうして起きたら、何だか知らないところに連れてこられていた。

「賢いヤツってさー、たまにオレよりバカだよなー」

ボンボリーノは、自分を誘拐したというヌンダーに、そう話しかけた。

部屋に鍵をかけられているが、別に縛られたりもしてないし、何ならヌンダーは武器すら持ってなかった。

ヌンダーは魔術を使うのがボンボリーノよりめちゃくちゃ上手いから、必要ないだけかもしれないけど。


――頭がガンガンするなー。


多分二日酔いだろうなーと思いながら、ボンボリーノはさらに話しかける。

「何でオレを誘拐なんかしたのさー?」

「金山の権利を貰うためだ」

「えー? それ、絶対ウソじゃんー」

ボンボリーノは、頭が痛すぎて、あんまり自分が何を話しているのか分からなかった。

ただ、なんとなく頭に浮かんだ言葉を適当に口にする。

「なんとなくさー、お前、オレに暴力振るったりする気なさそうだしー。上手く行くとも思ってなさそうだよね～」

「何で嘘だと思う？」

「はっ。運だけで生きてきたお前に、一体何が分かるんだ？」

「違いない！」

多分何も分かってないのは、言われるまでもなかった。

けど、昔と変わらず皮肉げな表情を浮かべているヌンダーは、昔のめっちゃトゲトゲしてた頃と、どっか違うような気がした。

何だか必死っぽいし、神経質そうな顔は何か疲れてそうで目の下にクマがあるし、頬がこけているせいで、昔より人相は悪いけど。

「オレ、何も分かんないけどさー」

そう、自分勝手で自信満々だったところが、なくなってる気がする。

「お前、助けて欲しかったら『助けてー』って言った方が良いと思うよ～？」

何となく。

本当に何となく、ボンボリーノはそう口にした。

――――何か、泣きそうな顔してるように、見えるんだよなー。

「……さっきから、何を分かったようなことを言ってるんだ？　少し黙ってろ」

「え～、そんなの暇じゃんー」

ボンボリーノは、あははーと笑い、話を続ける。

「賢いヤツって、結構何でも自分で解決しようとするけどさー。自分で出来ないこと頑張ろうとしても仕方ないって思うんだよねー、オレ」

誘拐して金山の権利を取るなんて、出来る訳ないだろって、ボンボリーノでも思う。

なら、賢いヌンダーなら絶対分かってるはずだし。

「ねー、何か悩んでるなら、話してみたらー？　今ならまだ、間に合うかもよー？」


――――何が間に合うんだろー？


自分で言っててもよくわからないことを、ボンボリーノが告げると。

椅子に座ってテーブルに肘をついていたヌンダーは、唇を引き結んで力を込め、震わせた。

「……お前は、何で、いつもそう……」

「え～？　何～？」

「うるさい。俺は昔から、お前のそういうところが気に食わないんだよ。バカのクセによ」

「あははー。昔より直接的だねぇ～。そっちの方が、オレは好きだな～」

ハッキリ言ってくれると、分かりやすくて助かる。

「別に、もう終わってんだよ。話すことなんかほとんどない」

「ちょっとはあるんじゃーん」

ボンボリーノが言い返すと、ヌンダーはため息を吐いた。

「お前は俺と一緒にここで待ってりゃ良い。そしたらすぐ見つかって、俺が捕まって終わりだ」

「やっぱ、上手くいくと思ってなかったねー」

「それが、俺にとって上手くいいくってことなんだよ」

「頭いい奴って、やっぱ何言ってんのか全然分かんないやー」

捕まるなら、上手くいってないじゃん。

そう思ったので、ボンボリーノはまた同じ質問をする。

「ねー、何でオレを誘拐したのさ～？」

「別に、誘拐するのは適当な爵位持ちなら誰でも良かったんだよ。お前を選んだのは、ちょうど良かったからだ。ついでに、あの陰気臭い大女を巻き込めばあの化け物宰相が動くだろ」

ヌンダーは自嘲するように鼻で笑い、堰を切ったように喋り始める。

「お前ら、昔っからムカつくんだよ。あの鉄面皮は、ずっと目の上のたんこぶだった。しかも貴族学校の首席になってた理由、知ってるか？　『学費が免除になり、領地への融資を受けられるからです』だとよ。一番になることすら目的じゃなかった」

「お前は一番になりたかったの～？」

「昔はな。……そんで婚約者だったお前は、バカのクセに妙に色んなヤツに好かれて上手くやってるしよ。しかも嫡男と来たもんだ。羨ましいね」

「あー、結局、領地は兄貴が継ぐんだ～？」

「なんだ、珍しくそんなこと覚えてたのか」

「だってお前、しょっちゅう言ってたじゃーん」

むしろ、それしか覚えてない。

『俺が継いだら、もっと領地を発展させられる』と言っていた。

父親にそれを認めさせる為に、一番を目指してるという話、そればっかりだった。

「だが、どれだけ勉強してもあの陰気大女には勝てなかった。卒業して少ししてから、領地の水質も悪くなり、治癒の魔薬も売れなくなった。……知ってるか。うちの水は、お前のとこの湖から流れる川の下流にあるんだ」

ヌンダーはまた皮肉げな表情になって、トントン、と指先でテーブルを叩く。

「そこから、魔力の豊富な土地を通って浄化され、うちに入ってくる。それが、いきなり汚くなった。……お前んとこの、下水道の工事が始まってからな」

「えー？　うちのせいだったの？」

それは何か、悪いことをしたかもしれない。

「ま、お前を選んだのは、そういう理由もある。ちっともビビらねぇから後悔してる。誘拐の理由を金山にしたのは、あの女が幸せになってるのが、ムカついてるのもある」

「お前、ムカついてばっかだねぇ～」

「そうだよ」

とはいうものの。


――口で言うほど、ムカついてなさそうだけどなー。


そう思いつつ、ボンボリーノは頭の痛みが限界になって、ゴロンと横になった。

「相変わらず酒弱いな……悪かったな」

「そう思うなら、誘拐とかしなきゃよくないー？」

「これ以上迷惑は掛けねーよ。……親父が爵位を手放すのに首を縦に振りゃ、こんなこともしなくて済んだんだけどな」

「爵位を手放すって、何でー？」

「これ以上続けても、無駄だからだ。親父も兄貴も、金も時間もねーのに、『自分たちで水を良くする』って言って聞かねぇ。嘆願書出せって言っても、領地の問題は領地で解決するモンだ、とか訳の分かんねーことしか言わねぇしな」

「ふーん。それじゃダメなの～？」

「領民の不満が溜まってるってのに、二人とも人が良くて、呑気過ぎて、頭が悪いんだ。その内、稼げなくて暴動が起こったら真っ先に標的にされんのは自分たちだってのに、全く分かってねぇ」

ぶちぶちと不満を垂れ流しているように、見えるが。

「お前、良い奴になったねぇ～。その分、バカにもなったねぇ～」


ボンボリーノは、あはは、と笑った。

「家族も、領民も、助けたいんだ～？」

「……一応、領主一家の一員だからな。仕事し始めて、上手くいかねーことばっかだった。自分の力でどうにもならねーことで助けられまくってりゃ、嫌でも考え方くらい変わるんだよ」

「その結果が誘拐犯って、やっぱバカじゃねー？」

「そうだな、家族には恨まれるだろうな。だけど今の時代なら、爵位は確実に無くなるだろうが、死罪になるのは俺くらいだろ。安いもんだ」

「そっかー……」


――あ、そろそろ限界。


ボンボリーノはそう思って、直後に気絶した。

その後、しばらくしてからヌンダーに『迎えが来たぞ』って蹴り起こされた。

だから、『宰相閣下ならどうにかしてくれんじゃないかな～』と思って、聞いた話を伝えといた。

後で聞いたところによると。

マンゴラ伯爵は爵位を返上して貴族じゃなくなり、でもマンゴラ領の代官として任命されて、国の支援を受けられることになったらしい。

領地の財産については監視官がつくが、そのまま領地を運営することになったそうだ。

ヌンダーは、マンゴラ伯爵と絶縁した上で、秘書官として雇われたらしい。

何かそんなことを説明されたが、正直、あんまり興味がなかった。

で、話を聞き終わった後に、アーハに聞かれた。

「ねぇーボンボリーノぉーー！　そういえばあなた、何でヌンダーくんを庇ったのぉ～？」

「なんの話ー？」

「今聞いた件の話でしょぉ～？　あなたのホッペが腫れた理由じゃないのぉ～～！」

「あー、そうだったんだー」

あははー、とボンボリーノが笑うと、アーハがぷくっと頬を膨らませる。

「何よぉ～！　何かあるのかと思って、迎えに行った時、全力でひっぱたいて演技に付き合ってあげたのにぃ～！」

「そーなんだ～。実はさ～ハニー。オレ、あの日のこと全然何も覚えてないんだよねぇ～！　なんかお酒で頭が痛かった気がするだけでさー！」

「えぇ～!?　あんなに大変だったのに、そうなのぉ～!?」

「うん、ゴメンねー！」

「別に良いけどぉ～……すごく心配したのに、損した気分～！」

「あ、じゃあさー」

アーハがご機嫌ナナメみたいなので、ボンボリーノは提案した。

「心配かけたお詫びにさー、ちょっと豪華なご飯食べに行こうよー！　デザートがめちゃくちゃ美味しいレストランが出来たんだってさー！」

「デザートが～!?　いや～ん、良いわねぇ～！　行きましょぉ～！」

アーハがパッと笑顔になったので、ボンボリーノも嬉しくなってニコニコ笑う。

――ハニーは本当に可愛いなぁ～！

ちなみに、何も覚えてないことに関しては、特に気にしていない。

ボンボリーノは基本的に、一週間以上前のことは、忘れていることの方が多いのだ。

だって、バカだから。

幕間　幸せな伯爵夫人と、落ち込む秘書官と、第二王子妃のスパイ。

あの誘拐事件から、しばらくして。

社交シーズンも終わり、アーハはボンボリーノと一緒にペフェルティ領に戻る前に最後の仕事を処理していた。

「あっはっは、それはないよハニー！」

今日もいつものように、ボンボリーノがケラケラ笑う。

「オレたちってさ〜、小賢しく考えるだけムダだから、ハニーはその分の栄養を胸に回して育てた方がいいよぉー！　触ってて気持ちいいしー！」

だからアーハも、大きく笑って言葉を返す。

「ボンボリーノは、栄養回すところないから余計太るのねぇ〜！　あなたもこのお腹、ぷにぷにしてて気持ち良いわよぉ〜！」

「間違いない！」

今日も幸せだなぁ、って思いながら、アーハはボンボリーノがダメって言った業務提携の提案を、『おことわり』の箱にポイっと投げた。

後は、領地を任せ始めた従兄弟のオッポーくんの弟、キッポーくんが家令として処理をしておいてくれるはずだ。

「良い話なのでは？」

キッポーくんは、ボンボリーノのお父さん、先代ペフェルティ伯爵に似て真面目な人。

でも、お義父さんほど頑固じゃない。

「いいのよぉ〜。ボンボリーノがダメって言うんだからぁ〜。きっといい話でもワタシたちがやっちゃダメなのよぉ〜！」

ニコニコとアーハが言うと、キッポーくんはメガネをクイッってして、ボンボリーノをチラッと見てから頷いた。

「分かりました」

ボンボリーノは、会った時からすごくおバカだった。

バカにされてもヘラヘラしてるし、全然頭のいいことなんか言わないし、アーハと違ってすぐにお金使っちゃうし。

でも、すごく人気があったし、周りの人たちもいい人ばっかりだった。

だから。

『オレ、自分と同じくらいバカな子と結婚したいんだー！　オレのハニーになってくれない〜？』

最初にそう口説かれた時、全然意味が分からなかった。

だってボンボリーノにはその時婚約者がいて、しかもその相手が、公爵令嬢も憧れているという『完璧淑女アレリラ様』だったから。

アーハも、結構バカにされる方だった。

『成り上がり男爵の娘で礼儀知らず』ってヒソヒソされたりもしてた。

ワタシってダメなのかなぁ～？　ってちょっとだけ思ってた。

でも、楽しいことが好きだったアーハは、あんまり深く考えなかった。

口説かれても『ダメ～』って言うだけで、遊びに誘われたらホイホイついて行った。

皆と一緒だったし、勉強も『わかんな～い』って言うと皆丁寧に教えてくれたし、ヒソヒソがウルサイ人たちがいないところでは、大きな声を出して皆で笑ってた。


すごく幸せで、そうこうする内に気づいた。


ヌンダーみたいに、ボンボリーノを本気でバカにしてる人は、その後グループから誘われなくなってること。

ボンボリーノはおバカだけど、彼が『何となく、やめといた方がいいと思うよー』って言うことをやった人は、後で絶対失敗してた。

彼がお金を使う先は、自分のためじゃなくて、大体困ってる人の手助けだったり、親しい人への贈り物だったり、皆で出かけた先でのオゴりだったりした。

『ボンボリーノぉ～。あなた、またバカなこと言ってるわよぉ～！』

『えー？　そぉ～？』

彼がそう言って向けてくれる笑みが、いつの間にかすごく好きになっちゃってたから、訊いた。

『なんでアレリラ様はイヤなのぉ～？』

お義父さんが別れさせてくれないから、浮気で破談にしたいんだーって話は、前に聞いてたけど、理由は知らなかった。

でも、ボンボリーノはそう言いながらも、アーハしか口説こうとしなかったから。

だから、協力した方がいいのかな～って、なんとなく思った。

『ムカつくけど、イヤじゃないよー？』

『じゃ、なんで別れたいのぉ～？』

『なんか、オレなんかと付き合ってると～、アレリラが幸せになれなそーじゃん～？　オレもなれなさそ～だしさー』

『じゃ、なんでワタシと付き合いたいのぉ～？』

『それはアーハが好きだから～！　それと、幸せになれそうだから～！』

ハッキリそう言ってくれたから、協力した。

皆、やめといた方が、とか、ボンボリーノでいいの？　って言ってたけど。

良かったんだと思う。

ボンボリーノは、すごくバカだけど、なんだか間違えない人だったから。

自分でどうにかする方法を考えさせると、アレリラ様の時みたいに騒ぎになっちゃうから、それは人にやらせるようにしないといけないな〜って思った。

きっとボンボリーノに皆が振り回されるのは、そういうのがわかってて、皆が手助けしてるからなんだろうなって感じだった。

でも、良かったと思う。

あの時、アーハもお父様にすごく怒られたし、今も、真面目で頑固なお義父様はアーハを嫌いみたいだけど、お義母様は『アレリラちゃんとは違うけど、あなたもあなたで可愛いわ〜』って言ってくれるし。

「お腹すいたねぇ〜、ハニー！」

「まだ始めて一時間も経ってないわよぉ〜。でも、午後からスイーツ買いに行きましょぉ〜！」

「いいねー！　屋敷の皆にも買ってきてあげよーか！」

「いや〜ん、良いわねぇ〜！」

「仕事してください」

キャイキャイしてると、キッポーくんに怒られたから、ボンボリーノと一緒に「は〜い」って返事をして、お仕事に戻る。

幸せだなぁ、って思う。

今はアレリラちゃんともお友達になれたし。

ミッフィーユちゃんは可愛いし。

ボンボリーノは、今もおバカなこと言って、隣で笑っててくれる。

それに。

『ハニーはバカで良いんだよ～！　だってオレもバカだから～！』

ボンボリーノは、そう言ってくれるから。

だから、アーハも言うのだ。


『そうよねぇ～。ボンボリーノ、ワタシよりもバカだもんねぇ～！』


「……俺って、マジで使えないですね……」

ニードルセンが思わず呻くと、アレリラ夫人がチラリと目を上げた。

侯爵夫人であり、宰相閣下の筆頭秘書官であり、常に隙の無い長身の美人。

とんでもない量の仕事も完璧にこなし、宰相閣下と阿吽の呼吸で言葉を交わすこの上司に『二度と逆らわない』と決めるきっかけになった事件も記憶に新しい、のだが……。

今、ニードルセンはそんな彼女を自分の残業に付き合わせてしまっていた。

その一言は、アレリラ夫人だけでなく、今日は外出していて今は彼女の帰宅を待っているだろう宰相閣下に対する申し訳なさも含めて、思わず出てしまった言葉だった。

「使えない、とは？」

「いえ、その。仕事の速さだけを買われて秘書官になったのに、最近、一番遅いですしね……」

仕事量が増えた、というのは、もちろんある。

だが同時期に秘書官配属になったノークや、例の誘拐事件に関わった後に何故か秘書官補佐となったヌンダーさんも同程度の仕事をこなして、既に帰宅しているのだ。

ニードルセン自身も心を入れ替え、気を引き締めて仕事をしているのだが……堅実さでノークに勝らず、アレリラ夫人の同期であるらしいヌンダーさんも物凄い速さで仕事を覚えてしまった。

そしてもう一人、ミッフィーユ・スーリア公爵令嬢が数度、仕事の手伝いとして来ていたが、彼女もまた、飲み込みが早い。

疲労もあり、宰相秘書官の中で自分が一番無能に感じて、気分が沈んでいたのだが。

「わたくしは、留守の間の筆頭秘書官代理を貴方にお任せしようと考えていますが」

と、アレリラ夫人が口にして、思わず手を止めて顔を上げる。

「え？」

「口を動かすのと同時に、手も動かして下さい」

「あ、はい」

即座に注意を受けて、慌てて仕事に戻ると、さらにアレリラ夫人が言葉を重ねた。

「何か問題がありますか？」

「いえ、特には無いんですが……ヌンダーさんやノークではなく、何故俺に？」

「ニードルセン氏が、一番適任だからです」

アレリラ夫人は、特に表情を変えることもなく、淡々と口にする。

「ノークさんの仕事は堅実ですが、自身の仕事をこなすことに手一杯になっています。ヌンダー氏は能力こそありますが、配属されて歴が浅く、まだ正職に上げるには信頼が足りません」

「あー……消去法、ですか」

「違います」

ニードルセンは納得しかけたが、アレリラ夫人に即座に否定された。

「ノークさんやヌンダー氏の仕事が早く終わっているのは、貴方が彼らの作業を片付ける為に必要な仕事を、先に済ませているからです。段取りや効率だけを考えるのなら、貴方は全く違うやり方を取ることも出来、またそれを実行するだけの能力もあるでしょう」

「……!?」

ニードルセンは、予想外の言葉を貰って、また一瞬手を止めてしまった。

「何か、驚くようなことを申し上げましたか？」

「あ、いえ。……それが当たり前だと思っていたので、評価されたことに驚いただけです」

まさか、アレリラ夫人がそんなことを評価しているとは思っていなかったのである。

「仕事全体を見回す視野の広さを持ち、最も効率の良い選択を取れる能力……『段取りを組む』力は、万人に備わっているものではありません。ノークさんのように、言われたことだけを確実にこなす能力に優れている方もいます。それは優劣ではなく、それぞれに適したポジションがあるという意味です」

「でも、それが分かるってことは、アレリラ夫人には出来るんですよね。それに夫人は、ノークなんか比にならないくらい仕事が早くて正確じゃないですか」

「経験が違いますので。慣れれば、おそらくニードルセン氏の方がより効率良く仕事をこなせるかと。またわたくしが得意なのは、自ら主体となって動くことではなく、補佐をすることです」

アレリラ夫人が、パタリと手にした筆記用具を置いた。

どうやら、仕事を終えたようだ。

ニードルセン自身も後ちょっとだったので、少し集中する。

「わたくしがその能力を十全に発揮出来るのは、あくまでも上司が宰相閣下だからです」

「そうなんですか？」

「ええ。これは以前、別の上司に『欠点にもなりうる』と言われたことがあるのですが、わたくしは、先回りし過ぎるのだそうです」

その為、『補佐される側』に同程度以上の処理能力と指示能力が備わっていないと、逆に持て余してしまうのだと。

「加減、というものがよく分からず、当時は苦労した部分もあります」

「あー……何となく理解出来ますね……」

以前、アレリラ夫人にサポートされれば宰相閣下と同等の仕事がこなせるなどと大言壮語をしたのを聞かれている為、恥ずかしくて少々声をひそめてしまう。

「あ、終わりました。チェックお願いします」

「はい」

最後の書類を手渡すと、アレリラ夫人は一瞥しただけで頷いた。

「特に問題はないようです。こちらは明日、所定の部署に回しておいて下さい」

「了解しました。手伝っていただいて、ありがとうございます」

「お礼は必要ありません。わたくしと閣下が留守の間と同じ状況に慣れていただく為に個人の裁量に任せていますが、本来、残業にならないように仕事を割り振るのはわたくしの仕事です」

アレリラ夫人が、立ち上がりながらそう口にすると。

「終わったか？」

と、宰相閣下が秘書室の入り口に姿を見せた。

とっくに帰宅したと思っていたのでニードルセンは驚いたが、アレリラ夫人はいつも通りの表情で、完璧な角度で頭を下げる。

「はい。わざわざお迎えに来ていただき、誠にありがとうございます」

どう考えても、自分の夫に対する態度としては丁寧で他人行儀過ぎるのだが、アレリラ夫人に負けず劣らず鉄面皮の宰相閣下は全く気にしていないようだった。

「妻を夜、一人で出歩かせる程薄情ではないつもりだ」

「存じ上げております」

答えながらアレリラ夫人が宰相閣下に近づく。

ニードルセンから見れば、ちょうど釣り合いが取れた背丈の美男美女であり、大変絵になる。

それに似た者同士だからなのか、あんなに他人行儀に見えるのに、凄くお似合いに見えた。

だから、素直にそのまま口にした。

「やっぱ、宰相閣下と夫人はとてもお似合いですね」

すると、二人がこちらにチラリと視線を向け……ニードルセンは、その日一番の驚愕に見舞われることになった。

「……光栄です」

「ありがとう」

なんと、アレリラ夫人が心なしか恥ずかしそうな仕草を見せ、宰相閣下が嬉しそうに、微かに笑みを浮かべたのである。

「先に失礼する。こんな時間までご苦労だった」

「え、あ、いえ……」

驚きすぎて、そんな間の抜けた返事をしたニードルセンを置いて、二人がその場を後にする。

そうして、少し経ってから我に返った後。

「何だよ……二人して、あんな顔も出来るのかよ」

ニードルセンは、思わずそう呟いていた。


かつて貴族学校には、とある秘密クラブが存在した。

会員はたった二人。

しかし、熱量だけはとてつもない秘密クラブ。

それが、今をもって存続していることを……というかそんなものが存在していたこと自体を、ミッフィーユはこの間、初めて知った。

その秘密クラブの名は――――『完璧淑女アレリラ様ファンクラブ』である。

会員の一人は、元・子爵令嬢のノーク。

そして会長は、ミッフィーユの姉である第二王子妃ショコラテ・バルザムその人であった。

「ああ、アレリラお姉様……なんてお優しいのかしら……！」

「本当に……思わず私もそう呟いてしまい、うっかりアレリラお姉様にファンであることを悟られそうになってしまいました……！」

ショコラテお姉様は右手の甲を額に当てて、椅子の背もたれに体を預けながらクラリと天を仰ぐ。

今日は『定例会』とやらの日らしい。

何故かその場に呼ばれたミッフィーユは、ノークに『アレリラ様が秘書官補佐を増やした顚末』を熱弁されていたところだった。


――何か、やらかした気がするわ。


めちゃくちゃ盛り上がっている二人を見ながら、思わず頰を引き攣らせたミッフィーユは、この集まりに関わるきっかけになった出来事を思い出していた。

ことの始まりは、イースティリアお兄様がアレリラ様に求婚したこと。

何故かお兄様と恋仲扱いされていたミッフィーユがいたことで、アレリラ様は自分がお飾り妻だと勘違いしていたらしい。

恋仲の誤解を解きたかったミッフィーユは、それに合わせて一計を案じ、その誤解を解いた……のだけれど。

そうしてアレリラ様と仲良くなったことで、ミッフィーユは『第二王子妃殿下を紹介していただけませんか』とお願いされたのである。

どうやら、アレリラ様と体格の似ているショコラテお姉様から、お茶会や夜会などの席で身に付ける為のドレスの下賜を受けたいということらしい。

ちなみにショコラテお姉様は、ミッフィーユと同じピンクの髪色をして顔立ちも似ているけれど、大人っぽくて背が高い。

顔合わせ自体は、第二王子妃と筆頭侯爵夫人という組み合わせなので大したことでもなく、当然ミッフィーユは二つ返事で引き受けて、話を通したところ。


何だか、ショコラテお姉様が荒ぶった。


狂喜乱舞の後、『推しに会える……!? 待って何も準備してないわ！』と慌て、さらに『何故貴女がアレリラお姉様と仲良くなっているの!?』と根掘り葉掘り問い詰められた。

その過程で聞いた話によると。

かつて。

貴族学校で二個上の上級生であったアレリラ様のあまりにも完璧な立ち振る舞いと容姿に、ショコラテお姉様は一目惚れした。

しかし、いかに上級生とはいえ、当時子爵令嬢でしかなかったアレリラ様に対して、当時公爵令嬢であったショコラテお姉様が憧れを抱いているなどと、大っぴらに公言するわけにもいかない。

誰かにその内心をぶちまけたい……そんな気持ちを必死に抑えていたショコラテお姉様は、偶然、同じように熱のある視線でアレリラ様を見つめているノークに出会ったのだそうだ。

即座に通じ合った二人は、秘密クラブを結成。

『アレリラお姉様の御心を煩わせない為、決してその想いをご本人にはお伝えしない』と決めたのだそうだ。

その後、貴族学校も卒業してアレリラ様との接点がなくなることを憂いていた矢先。

海洋交易と輸入業を営んでいたノークの実家が、嵐で所有船を全て失い、突然没落してしまった。

ショコラテお姉様は、急いで彼女を自分の侍女に召し上げ……アレリラ様が帝宮の事務官に就職したと聞きつけて、学業の成績が良かったノークをスパイとして事務官に送り込んだ。

そして、アレリラ様の情報を収集しながら真面目にコツコツ働いていたノークが、ご本人に評価されて秘書官に……というのが、現在の状況なのである。


――――正直、巻き込まれた感が否めないわ。


ミッフィーユ自身も秘書官に誘われたことで、ショコラテお姉様が最近とてもうるさい。

「羨ましいわ、ミッフィーユもノークも！　ワタクシも、アレリラお姉様の下で働きたいわ！」

「第二王子妃が働くなんて、無理に決まってるじゃないの……ていうか、ショコラテお姉様が、そんなにアレリラ様を好きだったなんて全然知らなかったわ」

アレリラ様のことは友人として好きだけれど……正直、この二人の熱量にはついていけない。

「この間、二人が並んでいるのを見たけれど。イース お兄様はアレリラお姉様にピッタリお似合いで最高だったわ……！　昔からワタクシ、ボンボリーノ様では釣り合わないと思っていたのよ！ああ、お二人の屋敷の壁になりたい……！」

「分かりますわ、ショコラテ殿下！　私も、屋敷の家の床になりたいです……！」

「意味が分からないわ……」

お茶会ではショコラテお姉様も、繋がりがあるからと誘われていたノークも澄ましていたけれど、このアフタートークの場では熱量全開である。

「ですがショコラテ殿下。確かに私は毎日同じ職場でアレリラお姉様のご尊顔を拝見できますが、アレリラお姉様に贈り物が出来て、同じドレスに先に袖を通せるなんて、羨ましいです……！」

「そうね……まるでアレリラお姉様の慈愛に包まれているような、至福の時間だったわ……！」

と、ショコラテお姉様が恍惚とした表情を見せる。

ちなみに下賜したドレスはわざわざアレリラ様の為に新調して、スリーサイズまでぴったり合わせた上で、かなりの予算をかけて作ったらしい。

もちろん、下賜するためにお茶会で先に腕を通したのはショコラテお姉様なのだけれど……下賜ってそういうものじゃない気がする。


――このお茶会、いつ終わるのかしら……。


正直、もうお腹いっぱいである。

二人の盛り上がりを右から左に聞き流しながら、ミッフィーユは遠い目で、よく晴れた空を見上げるのだった。

第二章　暗殺計画があるようです。

「イース暗殺の動きがある……？」

王太子レイダックは、その報告に眉をひそめた。

その書簡を送ってきたのは、北西にあるロンダリィズ領と南の辺境伯領に挟まれている、小さな領を預かる子爵だった。

見慣れない筆跡で書かれたその書簡は、普通なら自分のところまで届くはずのないものである。

下位貴族が、上位貴族を間に挟まずに王族に直接意見を述べることは、慣例的に許されていないからだ。


――だが。


かなり老齢のその子爵の名をレイダックは知っていた。

父である帝王セダックが、何故かその領主を気にかけていたことがあり、不思議に思ったからだ。

書簡を回してきた理由を確認すると、やはり父がこちらへ届けるように指示したらしい。

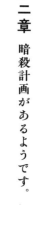

こちらからイースに伝えておけ、ということだろう。

――あるいは、俺たちで解決しろって意味か？

イースに伝えるだけなら、わざわざレイダックを通す必要はない。

アイツはこの国の宰相であり、父に毎日会っているからだ。

父の真意は読み切れないが、書簡の内容を信用するのなら『新婚旅行中に狙われる』という風に読み取れる。

とりあえずイースに『会いに来るように』と使いを送ると、仕事の早い宰相閣下は昼過ぎにこちらの執務室を訪れた。

相変わらず艶のある長い銀髪を、今日は後ろで括っている。

一分の隙もなく白い宰相服を着こなし、感情の浮かばない美貌を持つ冷徹男だが……。

「なんだ、今日は機嫌が悪いな？」

幼馴染みとして付き合いの長いレイダックは、ちょっとした表情の変化でそれに気づいた。

「視察の準備に忙しいこの時期に、お手隙なはずの王太子殿下に呼び出されましたので」

「いや、新婚旅行じゃねーのかよ」

一発目から嫌味である上に、ツッコミどころ満載の一言である。

アレリラには文句一つ言わない程に優しいくせに、王族であるレイダックに対する敬意は表面的な敬語くらいにしかない。

「そうとも言いますね」

「そうとしか言わねーから、言葉選びに気をつけろ。普通なら離婚問題だぞ」

そう、普通なら。

しかしイースの新妻が、同じように『視察』と思っていそうなアレリラなので、問題にならないだけである。

「なるほど、留意しましょう」

「是非そうしてくれ。それで本題だが、これを見ろ。珍しく、お前が問題の当事者だぞ」

そう告げて、レイダックが父から送られて来た書簡を差し出すと、彼はそれを即座に読み取り、ものの数秒で返してきた。

「なるほど」

「心当たりは？」

「腐るほどありますよ」

「ていうか、楽にしろよ」

二人の時に敬語は使うなと言っているのに、新婚旅行の準備を邪魔されたのが相当気に入らないらしい。

ちなみに旅行のスケジュールはレイダックも軽く聞いたが、移動距離と内容に関しては、旅行というより殺人的強行軍の査察だった。

イースは軽くため息を吐くと、口調を変えた。

「国政に関わっているのだ。恨まれる心当たりがあって当然だろう」

「その中でも、実際に手を出して来そうな『心当たり』を聞いてんだよ」

実際、国の予算と人手も無限ではないので、領地の嘆願を退けることもある。

それを逆恨みされることはあるだろうが、暗殺となれば余程だ。

しかしイースは考える様子すらなく、即座に答えた。

「直近で個人的な恨みを買うとすれば、先日の精神操作の魔薬に関する件だろうな」

言われて、レイダックは目を細めた。

「ノータス侯爵か?」

「先日話した限り、むしろ感謝していたように見えたが」

精神操作の魔薬は、侯爵傘下の下位貴族から徐々に広まったものだ。

簡単に言うなら『人の意識を操る』ことの出来る香《こう》のようなもの。

この事件の表向きの主犯は、高位貴族に取り入りたい商人だった。

入手先はどこぞの魔導士だそうだが、商人の自白で得た工場に踏み込んだ時には既にもぬけの殻であり、南西の大公国に逃亡した可能性が高いらしい、が。

「あの件に関わった連中は魔導士以外、全員捕縛したんじゃないのか?」

商人や共犯者だけでなく、操られていた者、取引して協力していた者も全員調べたはずだと、レイダックは問いかける。

少なくとも、貴族の中にイースとアレリラの追求を逃れた者はいないだろう。

「結局、魔導士が逃げているからな。そちらでどういう繋がりがあるか知れたものではない」

「確かにな。……南のライオネル王国は、絡んでると思うか？」

「向こうが内部破壊工作を仕掛けてきた、と疑っているのか？」

「可能性がないとは言い切れないだろ。元々、あちらの国からの抗議であの一件が発覚したことに関しては、お前も出来過ぎていると思ってるんじゃないのか？」

「多少の借りを作らされはしたが、『向こうの裏工作であったことが露見した際のリスク』に見合う程ではないいな。それが分からない愚物が隣国の上層部に居るとは思えんが」

「向こうの王太子を含めて、それをやろうとするバカは居ないと俺も思ってはいるが、一応な」

魔薬の件が向こうの自作自演であれば、バレた時にこのバルザム帝国を敵に回すことになるのだ。


レイダックの曽祖父に当たる帝王の代、大陸は群雄割拠で争いが絶えなかった。

多くの国家が乱立していた中で、特に戦好きだったと言われる曽祖父が、貪欲にこれを平定して取り込んでいったのである。

その中には、属国となっている聖教会の本拠地や、現ロンダリィズ領のような開拓地も含まれており、現在の帝国の繁栄に繋がっている。

この中央大陸における帝国以外の主要国家は、南西の大公国と南のライオネル王国、そしてアザーリエが嫁いだ北国バーランドのみ。

それもバーランド以外の二国家は、冬に荒れる内海が間にあったことで曽祖父の手を逃れただけだ。

他は、手を出す価値もなかった小国が周辺にある程度である。

「いかに隣国が強大な戦力を有していても、我が帝国に及ぶ訳もない。その程度の勘定が出来ない相手なら、とっくに潰れてるだろうしな……」

「そういうことだ」

レイダックは、決して隣国を侮ってはいない。

しかし頭脳と策謀において、イースを超える人材はいないとも思っていた。

そもそも、国土の大きさの違いから兵力自体に圧倒的な差がある。

どれ程隣国の兵が精強であろうと、所詮は寡兵だ。

「これは推測だが、私はこの件の本命が、帝国内の人間であってもおかしくはないと思っている」

「理由は?」

「他国が帝国に混乱を招くやり方としては、ヌルすぎるからだ。操ろうとしたのが主派の貴族ですらない」

イースの返事は、単純明快だった。

「他国が関わっているのなら、どれほど慎重に動く場合でも、一商人だけに任せるとは思えん。奴が薬を撒くルートも逃げた魔導士からの助言だったという。つまり、帝国の内部事情に精通していて、かつさほど影響力のない人物である可能性が高い、ということだ」

言われて、薬で操られたのは非主流派の貴族ばかりだった、という報告を思い出す。

「しかしノータス侯爵は候補じゃない、と？」

「侯は、むしろ被害者だろう。そもそも自分の派閥である連中を操って得をするとも思えん」

「……結局、具体的な相手が分からないんじゃどうしようもねーな。旅行、延期するか？」

「必要ない。狙ってくることが分かっていれば、打てる手は幾らでもある」

あっさりと答えたイースは、そのまま退出しようとした。

「おい、どこ行くんだ？」

「陛下の元へ。その書簡をお前に届けた意図を聞きにいく。ついてくるなら来てもいいが」

「おい、偉そうだな!?　仮にも俺は王太子だぞ!?」

「敬語を使うなと命令する幼馴染みに、何か遠慮が必要なのか？　来たくないなら来るな」

歩みを止めようともしないイースに、レイダックは舌打ちする。

そして、判断したら即行動、という小さな頃から変わらない気質を持つ幼馴染みの後にくっついて行くために、椅子から腰を上げた。


「来たか」

現帝陛下は、イースティリアを見てニヤリと片頬を上げた。

御前に上がる旨を伝えてすぐに通されたことから、どうやら来るのを予測していたようだ。

その紅い瞳に楽しそうな色が浮かんでいるのを見ながら、イースティリアは決まりに則って頭を下げる。

王族の瞳は『紅玉の瞳』と呼ばれ、火や攻撃の魔術に優れた者の瞳とはまた別の色合いを持つ、特別なものである。


――バルザム帝国帝王、セダック・バルザム。


レイダック同様、王族の資格とされる浅黒い肌に紅玉の瞳を備え、未だ黒々とした髪と若々しい……どちらかと言えば童顔の……容姿を持つ、どこか茶目っ気のある人物だ。

年上の妻をこの上なく大切にしている愛妻家、としても有名である。

しかし、外見や態度に騙されてはならない。

先々代帝王との遺恨から勃発した北との戦乱を、ロンダリィズ伯爵家と先代帝国軍総帥、隣国の公爵家と共に和解まで導いた、辣腕の政治家である。

帝位を継いだ後、北の戦乱以外は一度も出兵することなく全てを外交によって解決し、その余力を内政に還元することで、臣民の生活向上に注力し続ける賢帝でもあった。

「書簡の件で、御前に参じました」

「だろうと思った。愚息もおるな、丁度いい」

陛下が横に立つ事務官に頷きかけると、彼は一礼して退出した。

「さて、何が聞きたい？」

「あの書簡を、王太子殿下を通じて届けたご意向をお伺いしたく」

「理由に関しては、気づいておるのではないのか？」

「殿下の耳にもこの件を入れておきたいという御心に、相違ないかと愚考いたしますが」

それ以上の理由が何かある、とイースティリアは考えていた。

暗殺計画そのものよりも、あの書簡自体に何か意味があるのでは、と。

すると、そうした考えを読んだかのように、陛下は満足そうに頷いた。

「うむ、それでこそイースティリア。わざわざ書面にする手間をかけてもらった意味があろうというものよ」


――わざわざ？


陛下の言葉に、イースティリアは目を細める。

あの書簡は、帝都から離れた地に住む子爵から届いたものだ。

魔導士の使い魔や竜騎士に届けさせたとしても、往復で数日、地を駆けるのであれば一週間はかかる距離である。

遠く離れた地に住む者と、書簡以外で迅速に連絡を取る手段はそうない。

風の伝達魔術でも直接声は届かぬ距離であり、間に魔導士たちを介した伝言ゲームになるだろう。

暗殺計画のような機密を伝えるには、それを知る人数が増える少々雑な方法、と考えると。

「かの子爵は、王家に伝わる古代の遺物を行使可能な人物でしょうか？」

「どういうことだ？」

イースティリアが出した結論に、レイダック殿下は首を傾げ、陛下は笑みを大きくする。

「いつもながら、大した洞察力よな！」

「……楽しんでおられるところ誠に申し訳ないのですが、結論を簡潔に賜われますれば幸いです」

「そう怒るな。そなたの賢さを見るのは、余の楽しみである故にな」

こちらが気分を害しても一向に応えない様子は、レイダック殿下にそっくりだ。

「父上。二人で分かり合ってないで、バカな俺でも分かるようにご説明願いたいんですが？」

「今から話す。全く、イースティリアが我が息子であれば話も早いものを」

やれやれ、とため息を吐く陛下に、レイダック殿下が青筋を浮かべて笑みを引き攣らせる。

「恐れながら、陛下？　こんな堅物が帝位に就いたら息苦しさでこの世の終わりが来ますよ？」

「どういう意味だ」

「まぁ、その辺りは結婚して、少しでも柔らかくなれば申し分なかろう？」

「相手がアレリラですが」

「ふむ……まぁ、確かに。王妃としての資質という面で考えれば、ウィルダリアの方が上か」

軽口の類いではあるが、臣下《イースティリア》の前で、ここまで次期帝王をこき下ろす現帝というのも珍しいのではないだろうか。

アレリラが王妃に向かない、というのは、その通りだろうと思う。

重い責任を全うしようと、働き過ぎて体を壊してしまうのが目に見えている。

陛下は、そこで軽口をやめて話を先に進めた。

「そなたらが彼《か》の者を一子爵としか知らぬのも無理はない。王家の醜聞として、皆が勝手にその名を口にするのを辞めたが故にな。もう数十年も前の話よ」

「王家の醜聞？　書簡の子爵は、王家に何か関わりがあるのですか？」

レイダック殿下の目が真剣になると、陛下は小さく頷かれた。

「王家に伝わる古代の遺物、【風の宝珠】は現在五つ。しかし昔は六つあった」

【風の宝珠】は、『どれほど離れていても、念じればお互いの声が通じる』というものだ。

これが、どれほど帝国の建国に役立ったか知れない。

離れた部隊同士であっても、帝都から遠く離れた土地であっても、お互いにすぐさま言葉を交わして意思の疎通が可能となる。

情報の伝達速度において、破格のアドバンテージを得られるのだ。

「失われたその一つを、かの子爵が持っておる」

心当たりはないか？　と陛下に問われたので、イースティリアはレイダック殿下に目を向けた。

彼は眉根を寄せて考えているが、やがて頭を横に振る。

「分からん。何で一子爵が王家の秘宝を？」

「そなたはどうだ？」

陛下はまるで挑発するような態度だが、その目の真剣さは失われていない。

イースティリアは、【風の宝珠】の可能性に気づいた時点で、悟っていた。

王家の系譜と貴族年鑑は、頭に叩き込んである。

その中で、数十年前のバルザム王家に関わること、かつ、知り及ぶ限り名前が一致するのは、一人しかいない。

「件《くだん》の子爵の名は、サガルドゥ・タイアと署名がありました」

「うむ」

「サガルドゥ……？　ああ、確かに、その名前を他にもどっかで……」

レイダック殿下は少し考えてから、正解に辿り着いたようだ。

「遅いぞ、レイダック。そう、今は辺境の子爵位に収まっているがな。かつては傑物と名高かった、王家の者……」

陛下は、どこか複雑そうな笑みを浮かべて、答えを告げる。

「サガルドゥ・バルザム。――本来は帝王に座すはずだった、余の兄じゃ」

第三章　廃嫡した第一王子のお話です。

——数十年前の、帝宮大広間にて。

「リシャーナ。君との婚約を破棄しようと思う。我の有責でな」

バルザム帝国第一王子、サガルドゥは。

貴族総会のパーティーの最中、朗らかな笑みと共に婚約者リシャーナ・オルムレイド侯爵令嬢に婚約破棄を突きつけた。

——いや何言ってんの、兄者!?

それを壇上、父母の横から見ていた第三王子セダックは、その愚行に息を呑んだ。

いつも飄々としていて優秀な一番上の兄。

今八歳であるセダックが見ても、その聡明さと快活さに憧れているサガルドゥの行動は『愚か』

だと思えたのだ。

兄の横には、黒髪の男爵令嬢がひっそりと立っているのが見える。

「兄上。貴殿は自分が一体何を言っているのか、分かっているのか!?」

と、声を上げたのはセダックではない。

兄の婚約者であるリシャーナとそれまで談笑していた第二王子、二番目の兄であるシルギオだ。

「十分に理解しているとも、シルギオ。さ、リシャーナ。返答をくれないか?」

いつもの飄々とした顔で、サガルドゥは片目を閉じた。

そんな彼に、リシャーナはどこか諦めにも似た悲しげな表情で問いかける。

「……わたくしに、何か至らぬ点がございましたか?」


――いや、あるわけないだろ!?


サガルドゥと男爵令嬢を見比べた彼女に、セダックは心の中で突っ込む。

リシャーナは兄にも劣らず聡明で、一点の曇りもない美貌と知性、貞淑さを持つ金髪碧眼の控えめな女性だ。

セダックはいずれ義姉となる彼女に、憧れ以上の強い感情を抱いていた。

それを初恋と呼ぶのだと、からかい混じりの残酷な現実を教えてくれたのは、他ならぬ彼女の婚約者であるサガルドゥだった。

直後に、自覚と共に訪れた失恋に凹むセダックを抱きしめてくれた母上に、みっちり怒られていたけれど。

バルザム帝国の直系血族は、皆、同じ特徴を持っている。

浅黒い肌に、紅玉の瞳。

側妃が母親である次兄シルギオだけは父上似で、サガルドゥとセダック、そして弟のモンブリンは帝妃である母上に似ていた。

そして、この場の主役とも呼べる中の最後の一人である男爵令嬢は、黒髪青目の女性。

美人だとは思うけれど、淑やかさの中にも華のあるリシャーナに比べて、どこか陰が差すような暗い顔をしている。

でも、胸がおっきい。

二人を比べれば着ている服も立ち姿もリシャーナの方が……高位貴族なのだから当然だけど……美しく、高潔な淑女としての名に恥じないもので、兄が従えている少女はどことなく猫背気味だ。

お腹が痛い時のような姿勢で、そのせいで胸のおっきさが強調されている気がする。

これがシュラバってやつかな……なんてちょっと現実逃避気味に考えていると、サガルドゥはリシャーナの質問に、ことも無げに肩をすくめて見せた。

「至らぬ点だって？　もちろんあるとも。我にも、君にもな」

「……以前にも、お話はさせていただいたと思いますが……そちらのソレアナ・オーソル男爵令嬢に、なんらかの関係がございますか？」

黒髪で胸が大きい男爵令嬢は、ソレアナ、というらしい。

名前を呼ばれた彼女が肩を震わせると、サガルドゥが庇うように少し体をずらした。


「そうだな、関係なくもない。我は、彼女と婚姻を結ぶこととした」


そんな爆弾発言をしれっと落とした長兄に、パーティーの場が大きくざわめく。

このまま順当に立太子すると目されていた第一王子の、突然の暴挙だ。

「正気か、兄者……リシャーナ嬢に恥を掻かせた上に、そんな娼婦令嬢を国母とする、と？」

シルギオが唖然とし、それに、彼の取り巻きが同調する。

「そんな事が認められる訳がない。貴族の血筋と帝妃の地位を何だと思っているのだ……！」

「誰も支持せんだろう。リシャーナ嬢とは比べるべくもないというのに」

それを見て、サガルドゥは冷たく目を細めた。

「イントア侯爵令息。そして、ハルブルト伯爵令息。そなたらに発言を許した覚えはないが」

王族とその婚約者の会話に、低位の者が割り込むのは不敬である。

セダックも知っているくらいの礼儀だ。

つまり『血筋を口にする割に、見合う礼儀を弁えていないな』という、サガルドゥの皮肉である。

二人の令息も裏の意味を正確に読み取ったのか、唇を引き結んで眉根を寄せた。

それを読み取れる程度には、セダックも優秀だと言われている。

が。

「……ショウフって、なんですか……？」

セダックが母上にこっそり問いかけると、彼女は他所行きの穏やかな顔で……でも、目の奥が笑っていない顔で、小さく答えてくれた。

「また今度、教えてあげましょう。……この場でのことも、本来なら貴方に聞かせる話ではないのですが、関係があるのですよ」

「そうなのですか……？」

確かに、弟のモンブリンはこの場にいない。

セダックは、よく意味が分からないながらも、頷いて目を戻した。

どうやらサガルドゥの行動は、帝王である父上と、帝妃である母上も承知の話らしい。

なら、何か考えがあるのだろうと、成り行きを見守る。

視線の先では、リシャーナが失望を隠しきれない目で、ソレアナを庇うサガルドゥを見つめており、セダックは少し心が痛んだ。

「申し訳ありません、殿下。よろしければ、その提案を受け入れる前に、わたくしがその方に劣る部分を、教えていただけますか？」

「特にないな」

「……ない、のですか？」

あっさりとしたサガルドゥの答えに、リシャーナが戸惑う。

「我は『至らぬ点がある』と言っただけで、君とソレアナを引き比べている訳ではない。君は賢明で高潔な女性だ。次期国母としての自覚も十分にあり、非常に優秀。仮に今のままでも、我々と同じ世代で君ほど国母に相応しい者はいないだろう。……だが」

長兄は、まっすぐにリシャーナを見据えて、こう口にした。


「真に国母として立つには、今の君は視野が狭すぎる」


シィン、と、それまでのざわめきが消える。

それは言葉こそ苛烈ではないが、真正面からの罵倒に近かったからだ。

「どういう……意味でしょう?」

「リシャーナ。長く交流する中でお互いに確認したことを、今一度問うが。君の、国母たらんとする決意には変わりはないいな?」

「当然でございます」

「そうだろうな。だからこそ告げている」

そこで、飄々としていたサガルドゥが表情を消した。


「――――気概があろうと、〝一方的な言い分〟を鵜呑みにするその姿勢は、評価出来ない、と」

その瞬間。

兄の身から、一瞬で空気が冷えたかと思われるほどの圧が広がり、フロアを支配した。

その変化に、リシャーナのみならず、二人の令息と、もう一人の兄シルギオも息を呑む。


王者の覇気、とでも呼べそうな、高圧的な気配。

あの第一王子が愚かな行いをした、と思っていた者たちが、セダック自身を含めて全員、背筋を正していた。

「我も君も至らぬ、と言った。先程述べた通り、君の瑕疵は視野の狭さだ。ソレアナに関する噂は知っているな？　そう、そこの愚物が口にした『娼婦令嬢』という話だ。君は、その噂の真偽を確かめたか？」

サガルドゥの問いかけに、リシャーナはハッとした顔をする。

「いえ」

「では、どのような噂だったかを口にしてみろ」

「……複数の殿方に言い寄り、ふしだらな振る舞いをしている、と。そして……」

リシャーナは言い淀むが、意を決したように口にした。

「ついに第二王子殿下のみならず、第一王子殿下にまで言い寄った、と」

そんな彼女の言葉に、サガルドゥは薄く笑みを浮かべる。

「我が、ソレアナ本人から聞いた話では。『妾腹の男爵令嬢など、母親同様に体を売るしか能がないだろう』と無理やり手籠めにされて純潔を散らされ、その後も権威を盾に、複数の高位貴族令息に幾度も弄ばれたそうだ」

「え……？」

虚を突かれたように、リシャーナが目を見開き……すぐに、表情を戻す。

「それは、事実でしょうか？」

「と、我は見ているが」

「……ソレアナ様が、自分に都合よく、嘘をついている可能性は？」

「そして我も誑かされている、と？　なるほど」

サガルドゥが顎を撫でて、さらに言葉を重ねる。

「では訊くが。君の中で、噂の的であるソレアナと、噂を口にする他者。その両者への『信頼の多寡《たか》』は、どこから生まれている？　両方の言い分を聞き比べ、その上で判断した訳ではないのだろう。まさか一方の言い分だけを聞き入れ、片方の話も聞かぬまま、それを口にしている訳ではあるまいな？」

「それは……」

「証言者の多さが真実に直結する、と思っている訳でもないはずだな？　噂など口さがないもので、真実を知らぬ者も口にするのだから、下世話な話には証言が多くて当然だと、我は思うが」

「……」

整然と詰めるサガルドゥに、リシャーナが言い淀む。

と、何故か少し顔色を悪くしている次兄シルギオが、庇うように口を開いた。

「ですが卑しい者と高貴な者の証言、信頼に値するのはどちらかなど目に見えているでしょう！」

「血筋が良い者の証言は信頼に値する、と？　なるほど。ではシルギオ。君の目にしてきた、我の、生まれてから今までの行い全てを加味して答えるといい。君から見て我は『愚鈍』か？」

　何一つ恥じるところなどない、と高らかに謳うように、サガルドゥは顎を上げる。

「そして帝王陛下の嫡子かつ帝妃の長男である我は、ソレアナの証言と己の目にした光景を信じて証言をしているが……当然、信頼に値するな？」

　その言葉に、リシャーナとシルギオが完全に青ざめる。

　セダックの憧れである兄サガルドゥは、相変わらず完璧だった。

　相手の論理を以て、相手の論理を覆していく。

　彼らが言っていた通り、サガルドゥは帝妃が産んだ、この帝国において最も高貴な血統を継ぐ人物の一人である。

「リシャーナ。そなたは我の証言とシルギオたちの言葉と、どちらを信じるのかな？」

「……」

　彼女に、答えられる訳がなかった。

　サガルドゥが正しいとすれば、ソレアナの証言が正となり。

　シルギオたちが正しいとすれば、血筋は証言の信頼性に関係ない、と、自分の調査の甘さを認めることになるからだ。

——凄いな、兄者！

どっちにしても相手が詰むように、話を持っていったのだ。

「あ……兄上の目は曇っているのだ！　その女の嘘を、真実と思い込んでいるのであろう！」

「シルギオ。そう言うだけの根拠は？　何故我がこの場で、この状況で婚約破棄を宣言し、両陛下が黙っているのか。本当に、その理由が分からないのか？」

サガルドゥはシルギオを一顧だにせず言葉のみで切り捨て、あくまでもリシャーナだけを見つめていた。

「愛、などという不確かな理由で、我がここに立っていると思っているのか。これは高貴なる者の責務であり、それを怠った我を含む者たちに対する断罪だ。……リシャーナ・オルムレイド」

兄の放つ覇気は、もう、受けているだけで痛みを伴いそうなほどで。

控えている二人の令息は体を震わせており、シルギオも脂汗を流している。

「国母たらんとする己の責務を弁えているのなら、答えよ。そなたは双方の証言を聞き比べ、状況を理解し、その上でシルギオらが正しいと判断したのか？」

「…………いいえ」

リシャーナはただ一人、その覇気には怯まずにいたものの……静かに目を伏せた。

己の非を認めたのだ。

その答えに、サガルドゥの覇気が少しだけ緩む。

「我もその状況を知ったのは、たった二ヶ月前の夜会だ。シルギオが、そこの愚物どもと一緒に休憩室に下がるのを見た。ソレアナを囲むように伴うのを不審に思った我は、しかし歓談の誘いを受けたばかりで、すぐに追えなかった。……従者にどこに向かったかだけを突き止めさせ、挨拶がひと段落した頃には半刻が経っていた。従者に案内され赴いた先で、ソレアナが一人置かれ、どんな姿をしていたか。そなたに想像出来るか」

そんな彼女の話を聞いたサガルドゥは、彼女を守るために、最近貴族令嬢も入学が認められたばかりの貴族学校で、共に過ごすようになったのだという。

『女性の権利というものがあまりにも認められていない』と、その法を定めることを提案して実行したのは、サガルドゥ自身だった。

「そなたに呼ばれた『話し合いの場』に彼女を伴い、すぐ近くに置いておいたのも同様の理由だ。その場で、リシャーナ。そなたが第一声に何を言ったか、覚えているか」

周りに立っている男たちの悍《おぞ》ましさを理解したのか、視線を向けて、ふらり、と離れるように一歩前に出たリシャーナは、小さな声で答えた。

「……『ふしだらな噂のある女性を側に置くのは、御身の評判を落とします。ご再考を』」

「そうだ。そなたは問わなかった。そこに何か事情があるのかを知ろうとすることもなく、一方的に『ソレアナは悪である』と断じたのだ。不貞を疑ったのなら、我に対しても同様の責める態度を取るべきであろうに、下位の貴族であるソレアナのみを責めたのだ。権力者である我に対しては、媚びるように態度を曖昧にしてな」

「わたくしは……決して、そのような」

「それが、民を子として愛すべき、国母を志す者の振る舞いか？」

「……っ」

「己の感情に振り回され、噂を鵜呑みにした」

「問われずとも……仰って、くだされば」

「何故、自ら知ろうとしない。平等にして公平であること。それこそが権力の頂点に座さんとする者の責務ではないのか。そなたは臣下ではなく、次期王妃であろう！」

「……」

「将来、誰も逆らえぬ立場になり、そして自らが間違った時にも、そうして言い訳をするのか？」

「……いえ」

リシャーナの返事には、力がない。

彼女はすでに、サガルドゥに自分が何を責められているのか、理解しているようだった。

「せめて『なぜ不貞を働いたのか』と我に問うていれば、答えただろう。我々は婚約者であると同時に、並び立つ者であらねばならなかった。だが、そなたは違った。そうして、あえて黙る我に対する失望を目に浮かべた。リシャーナ自身が『一度のミス』と感じたことを理由に、我への期待を止めたように。その反応を見て、我もそなたを一度で見限った。それだけのことだ」

理由を問わなかった。

真偽も確かめなかった。

事実を知ろうとしなかった。

その上で、下位の者が悪いと一方的に断じた。


――国母たる資質に、疑問を覚えた。


サガルドゥは、リシャーナにそう告げたのだ。

彼女は、静かに涙をこぼした。

「……人の上に立つ身として、あるまじき振る舞いであったことを、認めます。誠に申し訳ございませんでした。……ソレアナ様にも、同様に謝罪いたします」

リシャーナが深く頭を下げるが、ソレアナは彼女を見ず、答えなかった。

それどころか、サガルドゥの後ろに隠れるようにして両手を固く結び、顔を一切上げない。

セダックは、その姿がソレアナという令嬢の傷の深さを物語っているような気がした。

サガルドゥはリシャーナに頷きかけ、それからようやく、シルギオと令息たちに目を向ける。

再び、厳しい覇気がその身から放たれていた。

「ソレアナは孕んでいる。胤《たね》は、そこの三人の外道の誰かだ。我は彼女に指一本触れていない」

サガルドゥの宣言に、成り行きを見守っていた者たちがざわりとざわめく。

ソレアナに無体を働いたという三人は、まだ不満そうにしており、シルギオは吐き捨てるように告げた。

「……たかが男爵の妾腹に、何をそんなに躍起になっているんだ、兄上」

「まだそんなことが言えるか、シルギオ」

そんな彼に、サガルドゥは酷薄な笑みを浮かべる。

「平民を、立場の弱い貴族を、その中でもさらにさしたる権利も持たぬ女性を。……帝国の子らを慈しむ心なき者に、王族たる資格はない」

ポタリ、と彼の握った拳から何かが滴り落ちた。

それは多分血で、サガルドゥが握り締めた拳の力が強すぎて、掌を爪が突き破っているのだ。

「資格なき者が犯した愚行の責を負うのは、同じく王族たる者の役目だ。……陛下より賜りし沙汰を言い渡す」

セダックが思わず横を見上げると、黙って見守っている父母は、冷徹な為政者の顔をしていた。

「第一王子サガルドゥは、第二王子シルギオの愚行に責を負い、王位継承権を放棄する」

その発言に、夜会に集う貴族たちが一斉に息を呑み、数人の女性が短い悲鳴を上げた。

「同時にリシャーナ・オルムレイド侯爵令嬢との婚約をサガルドゥ有責の上、破棄。その上で子爵位を賜り、名誉を穢されたソレアナ・オーソル男爵令嬢を妻とする」

――――え？　マジで？


あまりの急展開に、セダックは思わず顔を引き攣らせた。

しかしそんな混乱をよそに、話は進んでいく。

「シルギオ・バルザムは王位継承権剥奪の上、牢獄の塔に生涯幽閉。また、連座して愚行を働いた者たちは、それぞれの当主より貴族籍を剥奪する旨を伝え聞いている。剥奪を罪の発覚まで遡り、貴族女性に手を出した咎により、生涯、鉱山もしくは騎士団での労働刑に処す」

高位貴族の嫡子二人と、王位継承者二人が……それも第一位と二位が、いきなり消える。

そのあまりにも重い処罰に、ざわめきが大きくなった。

「ふざけるな！　何故俺が……！」

「他者を道具のように扱う者は、この先の帝国にも王族にも必要ない。ソレアナは、その転機たらんと、己の傷を詳らかにすることを決意してくれたのだ。……連れて行け！」

サガルドゥの命令により、わめくシルギオたちは即座に衛兵に拘束されて、この場を去る。

「皆もよく聞け。第一王子としての最後の言葉だ。たとえ王族であろうとも、貴族であろうとも、身分に胡座を掻き、愛すべき国民を貶め、己の欲の為に虐げれば処罰されるのだということを、心根に刻んでおけ！　古き時代は過ぎ去ろうとしている。商人や平民が力を持ち始め、多くの国が交易を結ぶ今。血筋ではなく実力が全ての時代が、そう遠くない内に来る」

サガルドゥの言葉に、多くの貴族が真摯に耳を傾けていた。

「帝国と帝国貴族は、高貴なる者の義務として、変わる時代の規範として、先駆けねばならん。身分によって他者を侮る者から堕ちてゆくことを理解せよ。貴族たらんとする誇りが、そなたらの中にあるのならば」

サガルドゥは、堂々としていた。

自ら、新たな時代の責任の取り方、というものを証明してみせた聡明な兄の姿に、セダックは思わず手を叩く。


――兄者、カッケェ……！


すると、それが徐々にその場の者たちに伝染した。

その拍手が収まると、サガルドゥがリシャーナに声をかける。

「そなたは己の過失を認め、正すことの出来る聡明な女性だ。……我は横に立つことは叶わぬが、帝国繁栄の為に、そなたがより相応しき国母たることを望む」

「……己の不明を恥じると共に、真に国民の為に立つべく、再び精進して参ります。サガルドゥ殿下にも、ご多幸を」

と、リシャーナが応じたところで。

――――ん？　あれ？

「……母上。もしかして、この場に私が参加した理由って……」

「ようやく気づきましたか？」

苦笑した母……妃陛下は、父王と共に前に出るよう、セダックの背中を押す。

「第一王子、第二王子の継承権放棄に伴い、第三王子セダックを第一王位継承者とする。立太子は成人後に、暫定の婚約者をリシャーナ・オルムレイドとする。勅命である」

帝王の宣言と共に、参加者たちは一斉に深く、頭を下げ。

セダックは、サガルドゥやソレアナと共に奥へと下がった。

――――いやいやいや、ちょっと待って！

セダックは、めちゃくちゃ混乱していた。

あの後、共に下がったサガルドゥは、身籠っているというソレアナに気を遣い椅子に座らせた後、深く頭を下げた。

『女性にとって、この上なく不名誉な役割を引き受けてくれてありがとう。そして、申し訳なかった。生涯をかけて償い、これ以降決して不快な思いをさせないと誓おう』と。

それに対して、ソレアナはケ、タ、ケ、タ、と笑ったのだ。

夜会での態度は何だったのかと思うほどに、あっけらかんと。

「あっはっは、そんなに畏まらなくて良いですよ、殿下！　見ました？　連れていかれる時の連中の顔ったら！　ザマァみろって感じでしたねぇ！」

「え？　え??　どういうこと!?」

「全部演技だったんですよ、セダック殿下。サガルドゥ殿下もリシャーナ様も全てご承知の茶番だったんですよ、アレ」

頭を上げないサガルドゥと、妙に明るいソレアナを交互に見ていると、彼女は身の上を話してくれた。

「あたしはね、カネだけのクソ親父に『高位貴族を落としてこい』って送り込まれたんですよ」

帝国では、女性が一人で生きていく方法が少ない。

オーソル男爵家で運良く侍女をしていたソレアナの母親は、そこから運悪くお手つきになって妊娠すると捨てられ、彼女を産み落とした後は身売りをして生計を立てていたのだと。

そして、病気になって亡くなった。

「あたしも、元締めに体を売らされてててねぇ。そうしたら、どっかからあたしが貴族の胤《たね》だって聞きつけた元締めが、クソ親父にナシつけやがったんですよ」

ソレアナ自身はどういう経緯か知らないが、男爵家の死んだ娘の名を与えられ、高位貴族に取り入る為の駒として、オーソル男爵家に迎え入れられることになったのだと。

冗談じゃない、と思いながらも従うしかなかったソレアナだったが、貴族学校では大人しくしているつもりだった。

だが、知らないところで先ほど捕縛された三人に話がつけられていたようで、結局体を売ることになったのだと。

その後の経緯は、先の夜会での話通りだった。

「今ごろオーソル男爵にも、ソレアナの経歴を騙った罪で密かに捕縛の手が伸びている」

サガルドゥの言葉に、ソレアナは髪を掻き上げて楽しげに流し目をくれた。

色気のあるその仕草に、セダックは落ち着かない気分になって目線を彷徨わせる。

サガルドゥは、そんな彼女に生真面目に告げた。

「ありがとう、ソレアナ。君の勇気が、この後同じような目に遭う女性を救うことになる。父王は、今後このような人の尊厳を踏み躙る事件が起こらぬよう、法を定めると約束してくれた。そして、女性の地位向上を世の流れが後押ししてくれる。帝国にとって、そなたは英雄だ」

「嫌ですよ、殿下。あたしはただ、好き勝手しやがった野郎どもに復讐しただけですから。そんな大それたもんじゃありませんよ！」

本当にせいせいしているようで、ソレアナは肩を竦める。

「でも、本当に良かったんですか？　あたしは暮らしていけるだけのお金と住処だけ貰えれば良かったのに、わざわざあたしみたいな女と添い遂げなくて良いんですよ？」

「……その子を王位継承の争いに巻き込みたくはないからと、誰の胤であるか分からないということすらも公表した。女性にとって、身を引き裂かれるより辛い役目を、そなたは全うしてくれたのだ。素晴らしい女性を妻に迎えられることを、我は誇りこそすれ、厭うことなどあり得ない」

「御大層なこと言ってますけど、王子様暮らしの長かった人が、下位貴族とはいえ、まともに生活出来るんですか？」

それまでとはコロッと表情を変え、ズケズケと物を言うソレアナに、サガルドゥは苦笑する。

「もう決めたことだ。それに、暮らしていけるかどうかは我の努力次第だろう」

サガルドゥは、言いながらソレアナの手を取った。

二人で見つめ合って笑い合う様は、責任感だけでなく仲睦まじいように見える。

長兄はどこまでも高潔で、ソレアナも良い人なんだと思う。

でも、八歳になったばかりのセダックには、ちょっと刺激が強すぎて、どうしたらいいものやらとモジモジしていたが。

さらに、リシャーナまで姿を見せて、もっと話がややこしくなった。

コンコン、とドアがノックされて、案内されてきたらしい彼女は、ドアが閉じるなりその場に跪き、まるで神に祈るように懺悔を始めた。

「わたくしは……！　民のために生きる身でありながら、ソレアナ様にこのような苦行を課してしまったこと、サガルドゥ殿下のお立場を失わせておきながら一人のうのうと罰もないこと、申し訳のしようも……！」

と、今にも泣きそうな顔で頭を下げるのに。

「ちょ、リシャーナ様!?」

「我も、帝国の未来に必要なことであったとはいえ、あのような場でそなたの名誉を侮辱してしまった。恨んで貰っても構わない」

慌てるソレアナをその場に留まらせ、サガルドゥがリシャーナの手を取って立ち上がらせる。

「この先、王太子妃として、国母として、そなたの道は更なる苦難に満ちるだろう。もしかしたら、それを理由に立場を追い落とそうとする者もあるかもしれん」

「そのようなことは……！　この国を変えるために、耐えるべきことです……！　それに、わたくしよりもセダック殿下の方が……！」

――あ、そうだった。

セダックは、涙をこぼすリシャーナの言葉に、内心でぽん、と手を打つ。

色々衝撃すぎて頭から飛んでいたが、自分が王太子になって彼女が婚約者になるのだ。

「やっぱり、王子様やめないほうがいいんじゃないですか？」

「責任は取らねばならない。それに、そなたを一人放り出すわけには……セダックには申し訳ないと思うが……」

と、話がだんだんこちらに向いてきたので、セダックは問いかけた。

「あのさ、これから、リシャーナ嬢が私の婚約者になる、んですよね？」

「左様でございます。10も年上では、お気に召さないかとは思いますが……ソレアナ様の為にも、次期帝妃を退く訳には参りません。ですが、セダック殿下に想い合う方が出来れば、わたくしは何も文句を言うつもりは……」

「いや、そっちじゃないんだ。私はその、嬉しいっていうか」

――なんだこの羞恥プレイ。

は？　という表情をしてこちらを向くソレアナとリシャーナに、頬が熱くなるのを感じながら、セダックは告げる。

「いやその。……わ、私は、リシャーナが好きだから……」

サガルドゥにからかわれて、めちゃくちゃ凹んでいたのを見て、母上が本気で怒るくらい本気も本気だったのである。

――まぁぶっちゃけ、帝位とか継ぎたくないんだけど。

リシャーナがお嫁さんになってくれるなら、悪くないかなぁ、って思うセダックである。

「せ、セダック殿下？」

「まぁ、そういうことだ、リシャーナ。我は喜んで、弟の初恋の君と今の立場を譲ろうとも」

驚くリシャーナに軽口を叩いたサガルドゥは、改めて、面白そうな表情でこちらを見ているソレアナに目を向ける。

「準備もあるから、最後に確認するが。……お腹の子は、本当に自分の手で育てるかい？」

サガルドゥの問いかけに、不敵な笑みを浮かべたソレアナは、ぽんぽん、と自分のお腹を叩く。

「育てますとも。誰の子種であっても、あたしの子ですからね。大体そんなこと気にしてたら、女手一つであたしを育ててくれたお母《かあ》に申し訳立たないでしょう？」

強い女性だ、と。

セダックが彼女のことをそう思ったのは、事情がだんだんと鮮明に理解出来るようになった年頃のことで。

その時は、この人もカッケェな、と思っただけだった。

ソレアナはそれから半月もしない内に、サガルドゥと共に子爵領に旅立った。

「セダック殿下。良い国にして下さいねぇ」

と、晴れやかな笑顔で言い残して。

彼女は、数度話す内に、自分の元の名前を教えてくれたけれど。

結局『男爵令嬢ソレアナ』のまま、生活することを決めたようだ。

それから徐々に、女性や平民の権利の向上、救済制度、女性官吏の登用や、民に寄り添う政策など国は変わってゆき、また、セダック自身がリシャーナと共にそれを変えていった。

セダックの代になると、サガルドゥの顚末を知る者たちは『王家への不敬に当たる』と事件のことに口をつぐんだ。

その後、政策などの相談を【風の宝珠】を通じてセダックから持ちかけることは多かったが、兄の方から連絡があったのは一度きり。

遺恨を遺していた北との戦争が勃発した直後に『こちらは任せろ』と、ただ一言だけだった。

そしてロンダリィズや軍団長と共に、実際に戦乱を収めてみせたが、ついぞサガルドゥの名は表には出てこなかった。


「これが、兄が廃嫡した経緯の全てよ」

セダックは、次代を担う愚息と聡明な宰相に対して笑みを浮かべる。

「そんな兄から、わざわざもたらされた二度目の連絡が、余のことではなくどこぞの宰相のことは、誠に遺憾よの」

少し嫌味を込めて告げてやるが、鉄面皮の宰相はまるで表情を変えない。

「心得ました。厳重に対処いたしましょう」

「うむ」

話は、それで終わりだった。

二人が退出して夕刻になると、セダックは足取りも軽く晩餐の席に向かう。

何年経っても、歳を取っても相変わらず愛しい妻の元へと。


イースティリア様が王太子殿下と共に執務室に戻ってきたので、アレリラは深く頭を下げた。

「バルザム帝国に輝ける小太陽……」

「いやいい、いい！　相変わらず堅いなアレリラ。そんな挨拶は夜会だけで十分だろ！」

レイダック王太子殿下が遮って腕を振るので、アレリラは口上を止めて頭を上げた。

直立不動でそのまま次のお言葉を待っていると、王太子殿下は鼻から息を吐き、イースティリア様を見る。

彼は一つ頷いて、たった今、陛下をお訪ねになった件と、その内容について説明して下さった。

「なるほど……では、旅行中の警備体制の見直しと強化を手配いたします」

「頼む。それと」

「はい」

「今回の件、陛下のお耳に入れた人物は、サガルドゥ・タイア子爵だ」

イースティリア様の言葉に、アレリラは思わず固まった。

「……？　どうした？」

表情や姿勢を変えたつもりはなかったけれど、言葉に詰まったのを読み取ったのか、王太子殿下が怪訝そうな顔をする。

「殿下。私がその名にすぐに思い至ったのは、書簡の件以外にもう一つ理由がございます」

イースティリア様が、代わりに王太子殿下の疑問に答えた。

「結婚式や披露宴にご参加なさらなかったので、顔を拝見しておりませんが。タイア子爵は、アレリラの実家であるダエラール子爵家と繋がりがございます」

「何だと？」

王太子殿下が目を丸くされたので、アレリラは首を傾げる。

「イースティリア様と婚約した際に、わたくしの親族関係を調査なさったのでは？」

帝国宰相の婚姻に関しては、王室も派閥関係に気を配っておられる筈だと思っていたのだけれど。

「ダエラール子爵家は領地こそ小さいが血筋はそれなりに古いし、王室派だろ。イースも調べてるだろうし、一応目を通しただけで真剣に見てなかった」

「ほう。仕事をまともにしていないと自ら暴露するとは、いい度胸ですね。後ほど陛下に報告しておきましょう」

「おいやめろ」

イースティリア様と王太子殿下の気安いやり取りを聞きつつ、折を見てアレリラは口を挟む。

「わたくしも、数度しかお会いしたことはないのですが」

何故ここで彼の名前が出てきたのかは分からないものの、アレリラはイースティリア様の明かした情報を補足する。

「――サガルドゥ・タイア子爵は、母方の祖父に当たる人物です」


アレリラがそう口にした瞬間、レイダックは王太子としての思考に切り替えて、目を細めた。

「おい、イースティリア」

「陛下がどこまでご存じかは不明ですが、お話を伺った限り、殿下のご懸念に関しては心配ないでしょう」

相変わらずいつもの無表情で、人の思考を先回りするいけ好かない返事が戻ってくる。

他の秘書官らが部屋にいるからか、敬語を使っているせいで余計に可愛くなかった。

「何故、そう言い切れる」

「公式に記録されている限り、タイア子爵に子は一人しかおりません。そうだな、アレリラ」

「はい。わたくしの母のみでございます」


——なるほどな。ソレアナの子は、娘だったのか。


アレリラの母が、先ほど聞いた話に出てきた、ソレアナの身籠ったという子なのだろう。

ただ一人の子にも関わらず婿を取らずに嫁がせたのは、危険から遠ざける為か。

この件についてレイダックが気にしたのは、血筋だった。

もし仮にアレリラの母が、サガルドゥとソレアナが結ばれた結果生まれた娘であったとしたら。


アレリラとその弟は、かつての第一王位継承者の血を引いていることになるのだ。


もしそうであれば、ウェグムンド侯爵家に、実質王家の血が入ることになり。

手をすれば反乱の旗頭、王位簒奪の人形として、フォッシモやアレリラの子が祭り上げられる危険を考えたのである。


アレリラの母がソレアナの子であるのなら、サガルドゥの子ではないので、懸念は杞憂となるが。

「お前、父上の前ではとぼけたな？」

「何の話でしょう」

「ことの重大さを、お前が把握していないはずがない」

「陛下も把握なさっていないと？　あり得ません。調べた上で危険がないと判断されたのでしょう。アレリラとフォッシモの容姿は、タイア子爵よりも御母堂であらせられるダエラール子爵夫人によく似ています。それが、何よりの証左かと」

言われて、レイダックは気づいた。

確かに、バルザム王家の特徴である紅玉の瞳、褐色の肌、黒髪の内、アレリラが備えているのは黒髪だけ。

そして色味は、どちらかと言えば漆黒……角度によっては藍に見える王家の黒髪とは少し違う。

「……懸念はない、ということか？」

「もしあれば、陛下があの程度で済ますはずがないでしょう。そもそも、アレリラとの婚姻が認められたかどうかも怪しいかと」

レイダックが、しばし黙考していると。

「祖父が、何かいたしましたか？」

と、アレリラが口を開く。

どことなく顔色が悪く、不安そうな色を感じるのは、気のせいだろうか。

「何か心当たりが？」

「非常に申し上げ難いのですが」

「言ってみろ」

レイダックが促すと、アレリラは一拍置いて告げる。

「――祖父は、非常に悪戯好きな人物です」

「……は？」

「流石に常識は弁えていると思われますが、もし王室に対して誤情報を与え、混乱をもたらしたのでしたら、笑い話で済むものではございません」

「悪戯……というのは？」

「例えば、ですが……暗殺計画そのものが存在せず、虚偽である可能性などです」

言われて、レイダックは一瞬固まった。

思い出すのは、父の顔。

あの人の兄弟であるとすればやりかねない、という思考が頭をよぎったのだ。

――いや、下手すると父上と共謀したとかか？

笑えない悪ふざけ、という点に的を絞ると、本気であり得る。

「……イース」

「私も考えましたが、それはさすがにないと信じたいところです」

イースの答えは、あっさりしたものだった。

「が、もう一つの可能性については考慮しています」

「まだ何かあるのか!?」

本気と嘘以外に、どんな可能性があるというのか。

しかしイースの口にした答えに……レイダックは、それが一番ありそうだと納得してしまった。

「既に暗殺計画を潰した上でその点を隠している、というのは、あり得ます」

「……だったら、警備を増やしたら金の無駄遣いになるじゃねーか」

「そうとも言えません。要職にある者として身辺に気をつける、というのは重要なことです。旅行中の警備手配書をご覧になった陛下が『足りない』と判断なさったのかもしれません」

イースは、どこまでも生真面目だった。

そして、アレリラも同様に頷く。

「わたくしの不徳のいたすところです。もしそうであったとしても、警備計画は見直しをいたします」

「ああ」

「いやそれで良いのかよ!?」

どっちにしたところで悪質であることに変わりはない、と思うレイダックだったが。

「どれが事実か分からない以上、最悪を考慮して計画を組みます。アレリラ、旅行の道程も見直してくれ。ロンダリィズ領に伺う前に、タイア子爵領に寄る」

「畏まりました」

イースの言葉にアレリラが頭を下げて、その話は終わった。

第四章　ペフェルティ本邸に着きました。

――数週間後、ペフェルティ伯爵領。


先に降りたイースティリア様に差し出された手を取ったアレリラは、馬車をふわりと降りた。

婚前は彼よりも先に降りるのが常だったので、まだ慣れず気恥ずかしいけれど、『それが夫の務めだ』と言われてしまえば何も言えない。

緩やかな風を感じ、ワンピースに合わせた深い青色のつば広帽を押さえながら顔を上げると、空は晴れていて、見慣れた景色が広がっていた。

「……懐かしいですね」

旅行の最初の地。

辿り着いた先は、ペフェルティ領本邸だった。

昔、ボンボリーノの婚約者だった頃は、行儀見習いや節目の挨拶などで頻繁に訪れていた場所だ。

この地は、座学ではよく知る領でもあるけれど。

ボンボリーノとアーハが学生の時に旅行に出かけたマイルミーズ湖に代表されるように、実際に領内に足を運ぶことはほぼなかった。

「疲れはないか？」

「はい。空気が澄んでいるので、むしろ頭が冴えるような心地がいたします」

イースティリア様の問いかけに、アレリラは首を横に振った。

ペフェルティ本邸の周りは、自然の多いのどかな場所である。

領主の住まう地ではあるけれど発展はしておらず、どちらかといえば、街というよりも少し大きな村と呼んだ方が正しいだろう。

それというのも、ペフェルティ伯爵家が元々、商業の中でも交易によって財を成して爵位を賜った家である、というのが大きい。

屋敷のある場所よりも交易街の方が発展しており、領主は社交界のオフシーズン、そちらの別荘に滞在していることも多かった。

が、別にそれはペフェルティ伯爵家が領地経営に手を抜いている、という意味では決してない。

基本的に、この領地は食物に関しては『自給自足』を旨としているのだ。

なので、領内の主産業である交易がし辛い位置にある本邸の周辺は畑が多く存在し、屋敷の周りは植林で覆われている。

「アレリラちゃん、いらっしゃ〜い♪　ウェグムンド侯爵もようこそ〜♪」

到着を伝えられたのか、気軽な様子で顔を見せたのは、アーハだった。

丸みを帯びた美貌にいつも通りニコニコと満面の笑みを浮かべて、ブンブンと手を振ってくる。

その後ろで、頭が痛そうな様子でこめかみを押さえているのは、ボンボリーノの従兄弟、家令のキッポー氏である。

眼鏡をかけた生真面目な青年で、ボンボリーノとはあまり似ていない。

「あ、ウェグムンド侯爵～！　わざわざこんな所までご足労《ゴックロー》ありがとうございまーす！」

ひょい、と屋敷の横からボンボリーノも顔を見せて、イースティリア様に手を振る。

何をしていたのか、泥だらけの農作業姿だった。

手には何やら布の掛かった籠を持っている。


――――何故でしょう？


今日、アレリラたちが訪ねること自体は知っていたはずなのだけれど、忘れていたのだろうか。

ボンボリーノならあり得そうではある。

すると、そこでキッポー氏が溜まりかねたように声を上げた。

「ご当主様、奥方様！　客間で待つこともなく、まして侯爵様よりも先に口を開くとは何事ですか！」

ちょっと青ざめて唇を震わせているキッポー氏の気持ちは、アレリラにはよく分かる。

彼らは悪い気質の人間では決してないのだけれど、礼儀知らずな振る舞いを悪意なくするので、ハラハラすることが多いのである。

「家令殿、問題はない。これから世話になるのはこちらだ」

イースティリア様に直接声を掛けられて、キッポー氏が90度に腰を折ると、恐縮したように『ご寛容な対応、誠にありがとうございます！』と声を張り上げる。

誤解されることが多いのだけれど、イースティリア様は私的な場での他人の礼儀には、さほどうるさくはない。

それを気にしたり苦言を呈するのは、基本的にフォーマルな場での振る舞いについてだ。

同時に『自分以外の誰か』に対する礼儀を欠いた行動であったり、あるいは礼儀を欠いた側が損をする場面などでは、場を丸く収めるための忠言を、理由を添えてすることが多い。

『礼儀礼節とは、思想信条に関係なく、円滑な関係を維持する為のものである』というのが、イースティリア様の持論だった。

「キッポー氏。お久しぶりですね。顔を上げて下さい」

彼に頭を下げられたままでは話が進まないので、アレリラは彼に声を掛けた。

今のアレリラは侯爵夫人だけれど、キッポー氏、そして彼の兄であるオッポー氏とは、かつてペフェルティ領のことについて、ボンボリーノよりも余程話し合いをした仲である。

「ウェグムンド夫人、お久しぶりでございます。客間と、応接室にて歓待の準備が整っておりますので、ご案内いたします」

「オレたちが案内するよ～？」

「ご当主様、お願いなのでお黙りになった上で、その普段着を部屋でお着替え遊ばしてから応接室にいらしていただけますか？」

笑顔ではあるものの、こめかみに青筋を浮かべてどことなく圧を感じる早口で告げるキッポー氏に、不思議そうな顔をしながら頷いたボンボリーノは。

「そしたらハニー、キッポーと一緒に案内よろしくね～！」

「任せておいてくれていいわよぉ～。早く着替えて来てねぇ～！」

二人は相変わらずニコニコと仲は良さそうで、何よりである。

キッポー氏が控えていた下働きに素早く指示を出し、アレリラたちの乗る馬車について来ていた荷物の入った馬車に向かわせる。

滞在は一日だけなので、着替えだけを下ろして欲しい、とこちらの御者には伝えていた。

「それにしてもぉ～、とっても仰々しいのねぇ～？」

「イースティリア様は、宰相閣下にあらせられますので」

アーハが不思議がったのは、警備体制についてだろう。

兵士を除く護衛騎士だけでも20名近くついており、彼らはこの後、ペフェルティ本邸周辺の警戒に当たる。

また、レイダック王太子殿下より貸し出された腕の立つ男女の近衛が2名おり、軽装ではあるものの帯剣していた。

彼らは無言のまま、イースティリア様とアレリラの側に常にピッタリと張り付いている。

また、目に見える人員以外にも〝影〟が複数名おり、彼らも同様に近くに潜んでいるはずだった。

この警備状況は、外国の最重要人物警護と同等である。

イースティリア様の暗殺計画がある、というのは、対外的には秘匿事項になっていた。

知っているのは、引き連れてきた騎士団と近衛、そして〝影〟のみ。

「そうなのねぇ～。大変ねぇ～！」

話に出しはしたものの、さほど気になることでもなかったのか、アーハはそう言ってアハハ、と笑う。

そんな彼女に対して、アレリラも少しだけ口元を緩めた。

親しく接する内に気付いたのだけれど、アーハにはイースティリア様の頼り甲斐とは違うものの、どこか人を安心させるような雰囲気がある。

人の懐にスルリと入り込むようなその気質を、アレリラは少しだけ羨ましいと思っていた。


「前伯爵とご夫人はおられないのか？」

ペフェルティ本邸到着後に歓談していると、ふとイースティリア様がそう問いかけた。

「父上と母上は、最近は交易街の別邸にずっといますよ～！　オッポーも、最近はあっちにいることが多いねぇ～？」

「ボンボリーノがちっとも行かないからじゃないのぉ～！　本当ならオッポーくんにここの領地運営を任せるつもりだったのにぃ～！」

「あはは、土いじりって楽しいよね～！　だからあっち行きたくないし、仕方ないよね～！」

二人の会話から推測するに、どうやら領地運営を任せるつもりだった家令のキッポー氏の兄、オッポー氏が前伯爵について商売を学んでいるようだ。

「も～、少しは覚えようっていう気ないのぉ～？　今、お義父様がオッポーくんに引き継いでるのは、うちの実家との共同事業よぉ～？」

「苦手だしね～！　それに、普段の仕事は任せておいて大丈夫じゃないかなぁ～？」

ふわふわした会話だけれど、どうやら任せているのは運営の意思決定というより、書類作り等の実務面の話なのだろう。

かつてはアレリラが担うつもりでいた部分を、オッポー氏が押し付けられている形のようだ。

「それにぃ～、多分うちの両親もアーハのご両親も、アレリラと顔を合わせるのが気まずいんじゃないかなぁ～？」

ボンボリーノがふと付け加えた一言に、イースティリア様は納得なさったようだった。

「それは、そうかもしれんな」

「本当なら、一番気まずくなるのはボンボリーノとワタシのはずなんですけどねぇ～！」

「間違いない！」

いつも通りに二人が笑い合う。

しかし実際、ボンボリーノの独断で起こった婚約破棄のせいで一番被害を被ったのは、前伯爵夫妻よりもアーハの父母だろうとアレリラは思っていた。

交易街そのものはペフェルティ領に元々存在していたが、北からの販路を確立してさらに発展させたのが、男爵位にある彼女の父である。

その自分の娘が世話になっていた伯爵家の縁談を壊し、懇意にしていた子爵家との仲に亀裂を入れた、と聞いた瞬間の心労は察するに余りある。

「まぁ、手紙出したら普通に会えるんじゃないかな〜？」

「マイルミーズ湖にどっちも呼ぶのぉ〜？」

「ウェグムンド侯爵が会いたがってたって言ったら、飛んでくると思うよぉ〜！」

今のペフェルティ伯爵家とコルコツォ男爵家の仲が、それなりに上手くいっているのならそれに越したことはないのだけれど、当の二人にはそうした罪悪感はあまりないようだった。

「あ、そういえばさ〜。この間、新しい作物を貰ったんだよね〜！」

アレリラが交易街にいるらしい人々に思いを馳せていると、四人の心情には微塵も興味がなさそうなボンボリーノが、ポン、と手を叩く。

「痩せた土地でも育つ作物らしくて、うちの土地に植えたらすごくモリモリ育つんだよ〜！」

「新品種か？」

イースティリア様が興味を持たれたので、アレリラもボンボリーノの顔を見る。

「見たことないヤツだったから、多分そうじゃないかなぁ〜と思ってます！　そのままだと固くて食べれないんですけど、蒸すと美味しいんですよ〜！　今作らせてます！」

と、ボンボリーノが窓の外を指差すので目を向けると、外の石窯で炭火を炊いている使用人の姿が見えた。

「ペフェルティ伯爵が、先ほど収穫していたものですか？」

「そうだよ〜！」

するとしばらくして、それが応接間に持って来られる。

非常に珍妙な見た目をしており、アレリラは微かに眉をひそめた。

「紫色の……これは根菜ですか？」

焼いた茄子《ナス》に少し似ているが、明らかに違うものだ。

湯気が立っており、炭の匂いに混じって不思議な香りがする。

「植物の根っこにつくものではあるねぇ〜。割ってくれる〜？」

ボンボリーノが侍女に告げると、彼女は頷いてミトンをつけた手でそれを持ち、半分に割った。

すると、色鮮やかな黄金色のもっちりとした中身が姿を見せ、不思議な香りが増す。

「これは……」

「芋、か？」

「そうですよぉ〜！」

アレリラとイースティリア様が声を漏らすと、ボンボリーノがえっへんと胸を反らす。

「甘いのですか？」

「聞いたことはある。確か帝国西部で十数年前から栽培されているものだ。大公国よりもさらに西から伝わったと言われているな」

「ポテト、というと、東部の馬鈴薯《ジャガイモ》と似たものでしょうか？」

あれも痩せた土地でよく育つと言われる芋である。

あちらが丸で茶色いものであるのに対し、こちらは細長く中と外が鮮やかな色合いをしているという違いはあるが。

「おそらくはな」

「ふふ、アレリラちゃん、これお菓子にもなるのよぉ～！　でも、今はそのまま食べてみてぇ～！」

――――お菓子？

芋が砂糖などの甘味と合うのだろうか。

そんな疑問を覚えながら、アレリラが取り分けられたそれをフォークで口に運ぶと。

「……甘い……」

粘り気のある口触りで腹持ちも良さそうなそれは、予想していた馬鈴薯の味ともまた違った。

煮たものを調味料なしでそのまま食べるとパサつきのほうが勝るそれと違い、瑞々しい上に味もしっかりしている。

「これは……素晴らしいな。収穫量も多いと言っていたな？」

「そうですねぇ～！」

どうやらイースティリア様は頭を仕事に切り替えたようで、そこからボンボリーノを質問攻めにした。

「水気が少ない方が……？」

「そうですねぇ～、甘くなりますねぇ。栽培環境としては、トマトなんかと近いのかなぁ～？」

質問を全て終えたのか、ジッと考えごとをしていたイースティリア様は、再度顔を上げた時、何か確信を持ったような目の色で、ボンボリーノに問いかける。

「これを、どなたから？」

するとその質問に、ボンボリーノはあっけらかんと答えた。

「西に領地を持っている、タイア子爵からいただいたんですよぉ～！」

第五章　お祖父様が暗躍しています。

アレリラは、また唐突に出てきた祖父の名に混乱した。

彼は年に一度開催される帝室主催の新年会にも参加せず、実家のダエラール子爵家にも訪れたことがない。

そんな祖父に、なぜボンボリーノとの繋がりがあるのか。

「タイア子爵とは、いつ知り合われた？」

アレリラが言葉に詰まっていると、イースティリア様がそう問いかける。

「知り合ったのは、だいぶ前ですよ〜。学生の時ですねぇ〜」

特に何かに気づいた様子もなさそうなボンボリーノが、のんびりと答える。

「懇意にしておられる？」

「そうですねぇ〜、半年に一回顔を合わせるくらいですけど、気が合うんで〜！　この芋の種芋を貰ったのは、上下水道の完成を見に来た時ですね〜！」

「タイア子爵が、水道に興味を……？」

アレリラが横目に見ると、イースティリア様は何かを探るような表情をしていた。

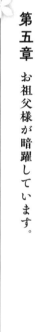

ボンボリーノの考えを、ではなく、おそらくは祖父の意図を。

「興味っていうか、そもそも水道作り自体、父上がタイア子爵から言われた話みたいですよ～？」

「……初耳だ」

「ねぇ～、ボンボリーノぉ。それってナイショにしとかないといけない話じゃないのぉ～？」

「あ」

アーハがクイクイとボンボリーノの袖を引くと、彼は分かりやすく『しまった！』という表情を浮かべるが……。

「まぁでも、ウェグムンド侯爵ならいいんじゃない～？」

「それもそうねぇ～！　口固いだろうしねぇ～！」

と、なぜか楽観的な結論に二人して達している。


――むしろ、良いわけがないと思いますが。


驚きから覚めて正常な思考を取り戻したアレリラは、思わずこめかみを押さえた。

どういうやり取りが前伯爵と祖父の間にあったのかは分からないが、もしそれによる利益が祖父に流れていて、正式に申告されていない場合。

ことは、脱税問題などに発展する可能性がある。

発案者であるのなら、工事関係者として連名されていなければおかしい。

利益分配も行われているはずであり、正式な書面に名前が一度でも入っていれば、イースティリア様がそれを把握していないことは考えづらい。

現在、質の良い上下水道の設営は、浄化魔術の生活応用技術と合わせて、公共衛生の観点から帝国中枢が注目している案件なのだ。

だから、新婚旅行の行程にも含まれているのである。

「失礼ながら、タイア子爵の名を上下水道関係書類で目にした覚えがないのだが。どういう関わりをお持ちなのか、聞かせて貰えるだろうか？」

「え～？　前のこと過ぎて覚えてないですねぇ～」

「分かる範囲でも構わない」

「ん～……ねぇ、ハニー。水道工事って、確か男爵のところで請け負ってたよねぇ～？」

「そうよぉ～！　タイア子爵は～、最初ワタシのお父様が交易してた時に領地を通って仲良くなってぇ～、そこからお義父様と仲良くなったんじゃなかったかしらぁ～？」

二人の会話を聞きながら、イーステイリア様が顎を軽く指先で撫でる。

「工事そのものには、関わっておられない？」

「そうですねぇ～。来ても数日滞在するくらいで、すぐ帰りますし～」

「人員の手配もぉ～、多分お父様がしてたのでぇ～、子爵の手は借りてないと思いますよぉ～！お金の心配してるならですけどぉ～！」

うんうん唸りながらイーステイリア様の聞きたいことを思い出そうとしているボンボリーノの横

で、彼よりも商売っ気のあるアーハが意図に気付いたのかブンブンと手を振る。

おそらく嘘ではないだろう。

男爵家はアーハを見る限り、財布のヒモが固く堅実な家系であるように見える。

まさか、人員を派遣して対価の中抜きをするような危ない真似はしないはずだ。

アレリラとしても、出来れば自分の祖父をそんな形で疑いたくはない。

「どう思われますか？」

少しだけ希望を込めてイースティリア様に問いかけると、即座に返答があった。

「何か企んでいる可能性はあるが、おそらく国に害のあるような動きはしていないだろう。工事の件についても手を貸した理由は不明だが、結果的に帝国の益になっている」

「畏まりました」

イースティリア様がそう仰るのなら、可能性は低いだろう。

王太子殿下と共に陛下の元から戻って来た時の様子から、おそらく祖父に関する何らかの裏事情をご存知なのだろう、とアレリラは察していた。

同時にそれが、イースティリア様の一存ではこちらに話せないことなのだろう、とも。

アレリラは、彼が気休めを口にする人物ではないことを知っている。

イースティリア様が『害がない』というのなら、真実そう思っているのだ。

なら、アレリラとしてはそれ以上訊ねる必要も感じなかった。

「ペフェルティ伯爵。上下水道のこと以外でも、タイア子爵に関して知っていることを教えてくれないか？」

「良いですよ～！」

話を聞くと、彼はアレリラよりもよほど祖父のことを知っているようだった。

話に聞く祖父は、アレリラの抱いていた印象通り、茶目っ気を感じさせる話題が多く……堅物の自分よりもよほど、ボンボリーノの方が気が合うだろう、と納得もした。

そして、ふとボンボリーノが思い出したように口にする。

「そういえば、ウェグムンド夫人との婚約解消のことで悩んでた時に、ちょっと相談したことがあったねぇ～。口添えしようかって言ってくれたけど、断ったんだよねぇ～。迷惑掛けちゃうし～」

その言葉に、アレリラは今度こそ最大級に動揺した。


「迷惑って、ワタシは良かったのぉ～!?」

「あはは、ハニーはハニーになってもらうつもりだったんだから、一蓮托生《イチレンタクショー》じゃん！」

「難しい言葉を使ってごまかそうとしてもダメよぉ～！」

動揺するアレリラをよそに、アーハがぷぅ、と頬を膨らませてむくれている。

結局、ボンボリーノがアクセサリーをプレゼントすることを約束して、彼女の機嫌は直ったのだけれど。

――お祖父様が、わたくしとボンボリーノの破談を望んでいた……？


それは、どういう意図なのだろうか。

アレリラは、幼少の頃の数少ない触れ合いしかない祖父の顔を思い出していた。

当時は、労働をせず日に焼けていない肌こそを至上とする貴族としては、平民と変わらないほどに日焼けをしていた祖父の顔。

体格も良く、手のひらはそれこそ騎士のようにゴツゴツとしており、優しげで整った顔立ちに笑みを浮かべると、人懐っこい印象になり、目尻に深い皺が刻まれる人。

黒髪茶目で、髪も短かった。

フォッシモやアレリラを煙に巻くような物言いを良くして、感情豊かな弟はよくムキになっていたけれど……アレリラの中で、そんな祖父との一番印象的だったやり取りは、まるで問答のようなものだった。

『お祖父様は、お母様とあまり仲がよろしくないのでしょうか？』

アレリラは、少し距離がありそうな祖父と母を見て、そう問いかけたことがあった。

『ん？　なぜそう思うんだい？』

わずかに目を見張った後、祖父はすぐに表情を隠して笑みを浮かべた記憶がある。

そうして、彼はこう問いかけてきた。

『アレリラ。この世で一番ままならないものって、何だと思う？』

そう問われて、アレリラは少し考えてから答えた。

『……他人の行動、でしょうか』

自分の意思ではどうにもならないことと言われて、思いついたのがそれだったのだけれど。

祖父は答えを面白がりながらも、頭を横に振った。

『君は賢いね、アレリラ。でもね、それ以上にままならないものがこの世にはあるんだよ』

『それはなんでしょう？』

すると祖父は、胸に手を当てて、片目を閉じた。


『――自分の心だよ。他人よりもよほど、ままならないものさ』


それが、最初の問いかけの答えだとは、なんとなく察したけれど。

結局深く意味は分からないままだった。


――何か、わたくしたちは、お祖父様に恨まれるようなことを？

婚約を破棄されるというのは、非常に不名誉なことなのだ。

母とはギクシャクとした関係に見えたけれど、歓待してくれているように見えた祖父の心には、何かしこりがあったのだろうか。

それこそ、孫であるアレリラの名誉を傷つけたいと望むほどに……。


「アル」


二人きりの時だけの呼び方をする、低く心地よい声が耳に届いたので、アレリラは我に返った。

気づくと、応接間にいたはずだったのに割り当てられた客間の中にいて、イースティリア様が目の前に立っている。

どうやら、思考に没頭し過ぎていたらしい。

「申し訳ありません。わたくしは、何か粗相を……？」

「いや、アルに限ってそれはないが……」

心配そうな色を瞳に浮かべたイースティリア様が、落ち着かせるようにそっとアレリラの肩に手を添える。

「タイア子爵の行動は、おそらく君が懸念しているような理由によるものでは、ない」

まるで思考を読んだかのように伝えられて、アレリラは顔を伏せた。


――イースティリア様は、何もかもお見通しですね。

何故分かるのだろう。

そう思いながら、アレリラは素直に言葉を溢してしまった。

「……何か、ご存じなのですね」

祖父のことに関して。

返ってくる答えは、分かっているけれど。

「私も直接面識があるわけではない。しかし君の祖父は……おそらく、陛下が最も信頼しておられる方だ。それ以上のことは語れないが、負の感情で行動なさるような方ではないだろう」

少し苦慮するように眉根を寄せて、目は逸らさないまま。

イースティリア様は、誠実な言葉を舌に乗せる。

「では。わたくしどもの婚約に、帝国にとって何らかの不都合があったのでしょうか?」

正直、思いつかなかった。

領地は広大だが、基本的には山林に覆われたさほど旨味のない……少なくとも当時は、金山も銀山も見つかっていなかった……ペフェルティ領と、そこに隣接する家柄が古いだけの小領の子爵家との婚約である。

注目されるようなものですらない筈だ。

すると、イースティリア様は意外なことに、微かな笑みを浮かべた。

「私も人のことは言えないが、アルは少々悲観的だな」

「楽観していて取り返しのつかない事態になったことは、歴史上幾らでもございますので」

「それはその通りだ。しかし人の思いというのは、悪意ばかり秘めているものではない。それが例え、一見悪し様に見えることであっても」

「そうでしょうか……好意から婚約を……」

破棄するよう示唆するなど、と言いかけたところで、アレリラは気付いた。

「……」

「悟ったようだな。そう、先ほどまで君の目の前にいただろう？　好意的な理由で、自ら泥を被っても婚約を破棄した男が」

ボンボリーノ。

当時のアレリラには理解し難い思考だったけれど、結果的に正しい行いをした、かつての婚約者。

「祖父も、同じだと？」

「気が合うと、ペフェルティ伯爵本人も言っていた。彼は君の祖父だろう？　……孫と気に入っている男がお互いに不幸になりそうだと察したということは、十分にあり得る話だ」

言われてみれば、腑に落ちる話だった。

だからこそ、口添えをしようとしたのだと言われれば。

「……そうなのでしょうか」

「既に結果が出た、過去の話だ。婚約が破棄されたことで、私は君と出会うことが出来た。タイア領への滞在も手紙で快諾していただき、暗殺計画について陛下に伝えたのも彼だということは忘れてはいけない」

祖父の行動を、好意的に受け取ってもいいのだと。

傷ついたり悲観したりしなくていいのだと。

そう告げられて、アレリラは小さく頷いた。


「ようこそおいで下さいました！」

翌日も天気が良く、マイルミーズ湖を訪れたアレリラたちを、緊張した面持ちの人々が出迎える。

交易街への上下水道の工事に携わった貴族と平民たちである。

結局全員を呼びつけることはなかったが……その中には、ボンボリーノの父である前ペフェルティ伯爵と、アーハの父であるコルコツォ男爵の顔があった。

彼らに同席してもらった理由は、祖父の話を聞くためである。

「ご足労いただき、感謝する」

「滅相もございませんッ！」

「お、お目通りの機会をいただき、こちらこそ感謝しております！」

明らかに二人の顔が引き攣っているが、その理由はそれぞれに違うだろう。

ボンボリーノの父は、アレリラの破談を踏まえた上で夫となったイースティリア様に何を言われるか、という怯え。

アーハの父は言葉通り、普段なら決して直接会話する機会がない宰相の接待、という状況への緊張だ。

「早速、上下水道の工事内容と現状についてお伺いしたいが、よろしいか？」

「勿論です！　こちらへどうぞ！」

ボンボリーノの父は、マイルミーズ湖の脇に立つ木造の建物……おそらくは管理用の施設なのだろう……へと、イースティリア様を促す。

アレリラはそれを見送った。

おそらく同席しない方がボンボリーノの父の心労が少ないだろう、という配慮である。

「いつも偉そうにしてるのに、父上が小さくなってたねぇ～！」

「それはそうよぉ～！　あなたのせいなんだから、ちょっとは可哀想だと思ったらぁ～？」

なぜか楽しそうなボンボリーノに、アーハが至極当然のツッコミを入れている。

アレリラはそんな二人を横目に、マイルミーズ湖に目を向けた。

湖は、ペフェルティ領の山岳部……実家のダエラール子爵領とウェグムンド領を含む三角地帯に存在する金山銀山のある山……の北端、交易街に続く街道近くに位置している。

昨日滞在していたペフェルティ本邸は、北西～南東にバナナのような形で存在するペフェルティ領の真ん中辺りに位置している。

アレリラがこちらの領を訪れる際にはダエラール領から向かっていた為、目にする機会がなかったのだ。

片側に崖を持ち、その間にある上流の川から水が流れ込んでいる。

崖は美しい半円を描く眼前の水際に繋がっており、そこから繋がる下流の川が存在する平野側には水門が存在していた。

周辺の緑が豊かで、注ぐ陽光が透き通る青い湖面に煌めいている。

そのコントラストも美しいが、水の透明度は、手を伸ばせば届くのではと錯覚するくらいに透き通っており、浅瀬部分ははっきりと底まで見えるほどだ。

湖そのものの大きさは帝国内でも上位にあり、対岸は霞んでいる。

「お昼ご飯はどこで食べようかしらねぇ～？」

自由なアーハは今、観光よりも食い気なのか、楽しそうな足取りで侍女を連れて馬車の方に向かって行く。

アレリラは、水辺の少し涼しげな風を感じながら、目を細めた。

「……美しいですね」

それは、素直な感想だった。

イースティリア様が、足を運んでおくべきだと口にした理由も、分かる。

知識だけでは得られない体感というのは、きっとこういうものなのだろうと。

そう思っていると、隣のボンボリーノが珍しく驚いた顔をしており、こちらを見ていた。

「どうなさいましたか？」

「いや～……良かったねぇ～、アレリラ」

問いかけると、ボンボリーノはすぐにいつもの、少し気が抜けたような満面の笑みを浮かべて、親指を立てる。

周りに誰もいないからか、呼び方がウェグムンド夫人から、昔のように呼び捨てに変わっていた。

「良かった、ですか」

「そうだよぉ～。だって、綺麗だと思えるようになったんでしょ？」

彼の言葉の意味が、一瞬理解出来なかった。

マジマジと今度はアレリラの方からボンボリーノを見つめるが、今度は彼の方が湖に目を向けている。

「昔のアレリラならさ～、きっと景色を楽しむよりも、あの小屋に行って資料を見たがったんじゃないかなぁ～？」

「それは……そうかもしれませんが」

それの、何が『良かった』になるのだろう。

疑問が拭えないままのアレリラに、ボンボリーノは言葉を重ねる。

「何かをさ、キレー！　とか、スゲー！　とか思う気持ちを誰かと共有できるって、めちゃくちゃ良いことじゃーん？」

「……」

「オレはさ～、皆で『楽しい～！』ってことするのとか、笑ってるのとか好きだからさ～！　アレリラも、そういうので盛り上がれるようになったなら、嬉しいよね～！」

ボンボリーノは。

何か裏がある様子もなく、いつも通り素直な口調で告げる。


――そのように、思っていたのですか。


旅行に行ったり遊びに行ったり。

勉強もせずにそんなことばかりしていて、何の意味があるのだろうと、昔は思っていた。

『オレはさー、あの湖めっちゃ綺麗だったよ～って言いたかっただけなんだけどね～』

昔、彼がマイルミーズ湖への旅行に行った後。

話題を振られたアレリラは、湖そのものの話ではなく、上下水道の設営に関する返答をした。

その時のボンボリーノの、少し困ったような、どことなく悲しげな表情の、意味が……今なら、分かる気がした。

「きっと、ウェグムンド侯爵のお陰なんだろうね～！」

一人でどんどん上機嫌になっていく、ボンボリーノに。

彼の口にする言葉の意味に。

気づけるようになった自分の変化に、アレリラは戸惑う。


――イースティリア様の。

思い返してみる必要すらなく、それはその通りだ。

人の成長には、勉強面だけではなく、情緒面と呼ばれるものがある。

知識や礼儀礼節なども重要だけれど、人の気持ちを慮《おもんぱか》る力というのは、人と関わることでしか養われないのだと、当時のアレリラは知らなかった。

正しいことを述べているはずなのに、時に人とぶつかり、遠巻きにされていたアレリラは、ボンボリーノよりもよほど、情緒面では子どもだったのだ。

それを一つ一つ、理解できるように教えてくれたのは、間違いなくイースティリア様だった。

両親も、ボンボリーノも、かつての上司も……きっと伝えようとしてくれてはいた。

だけれど、アレリラの心には響くことがなかった。

それは多分、彼らの問題ではなく、アレリラ側の問題。

形の上では尊重していても、本当の意味で彼らのことを知ろうとはしていなかったから。

尊敬し、少しでも近づきたいと思う気持ちがあれば、きっと違ったのだろうけれど。

心からそう思った初めての相手が、イースティリア様だったから。

あの方がいなければ、アレリラはきっと、ずっと昔のままだったのだろう。

今、ボンボリーノとこうして、湖を見ながら話すことも、なかった。

改めて景色を見ても、やはり美しいと思う。

だから。

一度目を閉じたアレリラは、微笑みを浮かべて、かつての婚約者に告げる。

「……ありがとう、ボンボリーノ」

最後まで恋仲にはなれず、これからもきっと、心の底からお互いの全てを理解しあえることはないだろうけれど。

それでも長い時間を共に過ごしてきた幼馴染みであり、今は友人でもある彼に。

アレリラがこの景色を美しいと感じることを、喜んでくれた彼に。

そう、礼を述べる。

その後の、ポカンとしたボンボリーノの顔を面白いと思えることもまた、周りが望んでいた自分の成長なのだろうと感じて、アレリラはますますおかしくなった。

第六章 イースティリア様が嫉妬なさったようです。

マイルミーズ湖で昼食を摂った後、アレリラたちは交易街に向かった。


本来であれば、一度本邸の方に帰って翌日改めて訪れる予定だったのだけれど、翌日が悪天候になる可能性があるようで、視察を前倒しした上でタウンハウスの方に泊まるように勧められたのだ。

着替えなどの必要最小限の荷物と、身の回りの世話をする者だけ、本邸から早馬で先に来るように手配されたので、イースティリア様とアレリラはお言葉に甘えることにした。

「今頃、お義母様がてんてこまいなんじゃないかしら～？」

街に向かう馬車の中でアーハが首を傾げて、そう話しかけてくる。

男性とは馬車が別になっているので、この場にいるのはアレリラとアーハの二人きりである。

「もしそうなら、申し訳ないですね」

「あら、でもそれはアレリラちゃんが気にすることじゃないわよぉ～！」

「ですが、お迎えする相手がイースティリア様ですから」

仮にも一国の宰相である。

こちらも急な来訪であることから、イースティリア様もお気になさらないだろうけれど、前ペフェルティ伯爵夫人からしてみれば、万一にも粗相があってはいけない相手なのだ。

来賓を迎える際には、基本的に客間の掃除などを事前に済ませておくものだが、急な来客だとその時間が少ないのである。

向かうのはおそらく日が暮れてからなので、そういう意味では本当に突然来られるよりはまだ良いだろう、とは思うけれど。

そうこうする内に交易街に着くと、慌ただしく出迎えの者たちが動いている中に、前ペフェルティ伯が近づいていく。

すると、恐らく水道工事の責任者らしき頑固そうな老人が、ギロリとこちらを睨んできた。

いかにも職人という風体で、髪の毛も蓄えた髭も真っ白だけれど、その辺の騎士よりもよほど鍛え上げられた肉体を持っているように見える。

土木工事のスペシャリストに多い、現場からの叩き上げタイプなのだろう。

「いきなり予定を変えてきたのは、そちらです。完璧な対応をしろと言われても無理ですよ」

言葉こそ丁寧だが、かなり気が立っているのだろう、圧が凄い。

「重々承知しているが、ソリオ殿、相手は宰相閣下なのだ……！」

前ペフェルティ伯は声を潜めているつもりなのだろうけれど、丸聞こえである。

イースティリア様に目を向けると、特に何かを感じた様子もなく、そのやり取りを眺めていた。

――口を挟むつもりはなさそうですね。


すると、意外なことにそこで口を開いたのはボンボリーノだった。

「ソリオのじっちゃん、機嫌悪いねぇ～？」

アハハ、と何故この状況で笑えるのかよく分からないが、ジロリとこちらを見たソリオ氏は、フン、と鼻を鳴らした。

「悪くて悪いかよ、伯爵様。こちとら仕事の邪魔されてんだぞ？　明日は雨だってんなら、それこそこっちは補修の準備とかあるってのが分かんねーか？」

「言われてみれば、そうだねぇ～」

前伯爵に対する敬語すら消えたソリオ氏の口調を気にした様子もなく、ボンボリーノは頷いた。


――ソリオ氏は、貴族、ではないと思うのですが……。


普通、平民がこんなぞんざいな口の利き方をしたら、相手によっては即座に投獄されるのではないだろうか。

平民の地位が向上して来ているとはいえ、貴族法は未だに根強い影響力を持っている。

近代の国王陛下や民主派の貴族が尽力したことで、理不尽過ぎる法は徐々に撤廃されて来ているものの、露骨な不敬は未だに罪に問われる行動なのだ。

「宰相閣下、どうしますぅ～？」

そうボンボリーノが首を傾げると、イースティリア様はあっさりと答えた。

「出直そう。ソリオ氏の言に理がある」

「さ、宰相閣下!?」

前ペフェルティ伯が驚いた顔をすると、ソリオ氏も同様に驚いたように片眉を上げる。

イースティリア様は、真っ直ぐに彼の顔を見て、淡々と言葉を重ねた。

「交易街での衛生状況の向上については、報告を受けている。管理者の一人として名を連ねている彼の、尽力あってのことだろう。交易街の人の流入が増えていることを鑑みれば、上水ならまだしも、雨の影響で下水が氾濫してしまえば疫病蔓延の危険がある。視察を優先すべきではない」

前伯爵とソリオ氏がポカンとするのに構わず、イースティリア様はこちらに目を向けた。

「どう思う、アレリラ」

「妥当な判断かと。元々視察は明日の予定です。延期も考慮してスケジュールを組んでおり、ダエラール領の滞在日数を減らすことで明日以降になったとしても対応可能です」

交易街の上下水道の視察は、旅行の中でも最優先事項である。

旅程だけで言えば、最初にダエラール領へ向かい、滞在をするのが最も効率の良いルートだった。

それを曲げて最初にペフェルティ領に赴いたのは、こうした事態を想定して確実に視察を行う為なのである。

さらにイースティリア様は、ボンボリーノに声を掛けた。

「前ペフェルティ伯の行動は、我々への善意によるものだと理解している」

――流石でございますね。

このままでは、予定を前倒しにしようとした前伯爵が悪いことになってしまうので、あえて口になさったのだろう。

「では、ペフェルティ伯爵。少し早くなってしまうが、別邸に案内して貰えるか？」

「良いですよ～！」

イースティリア様が踵を返すと、ソリオ氏が何か物言いたげな顔をしているのを、アレリラは視界の端に捉えた。

しかし声を上げない、ということは、自分がイースティリア様に声を掛けるのが不敬に当たると理解しているからだろう。

前ペフェルティ伯やボンボリーノへの態度は、気安さの裏返しなのだと察する。――となれば、不機嫌そうに難色を示したのは予定が崩されたからではなく、本当に仕事のことを案じているからだ。

そこまで推察し、アレリラは助け舟を出すことにした。

「何か？　ソリオ氏」

アレリラは、ウェグムンド夫人である為、この場で二番目に位が高い。

疑問を一言投げれば、彼が口を開く許可を出したことになるのだ。

「いや……えらくあっさり、お引きになるもんだなと」

「ソリオ氏の発言が正しいものであるからです。それとも、詭弁でしたか？」

水道の管理業務を口実に、面倒くさいことを回避しようとしたのなら、それは問題だけれど。

しかしアレリラの問いかけに、ソリオ氏はキッパリと否定する。

「事実ですよ」

「では、何一つ問題ありませんね。他に何か？」

イースティリア様も足を止めて、目線だけで振り向いている。

ソリオ氏は、まじまじとこちらの顔を見比べてから……軽く腰を折って、手を腹に添えた。

「感謝いたしますよ、宰相閣下、それに、ご夫人。平民の仕事に理解を示してくれるとは思わなかったんで」

「身分に関係なく、功績と妥当性を常に評価するように心がけている。可能なら、後日の案内も氏にお願いしたい」

「ええ、もちろん。誠心誠意ご案内させていただきますよ」

「楽しみにしている」

イースティリア様が再び歩き出すと、ソリオ氏がポツリと呟くのが聞こえた。

「……まるで、タイア子爵だな」

――ここでも、祖父の名を……。


開発に名も連ねていないのに、ソリオ氏までもが知っている。

祖父は帝国の発展に関して、深く関わっているのではないだろうか。

帝王陛下も、名をご存知だった。

タイア領のある北西部は、様々な事業が展開されており、話題にも事欠かない地域だ。

何せ北西部には、ロンダリィズ伯爵領がある。

タイア領は、北国との戦争の終結、交易再開に国家間横断鉄道の開通を成し遂げた英傑のいる領の、真下に位置しているのだ。

さらには、ボンボリーノが食べさせてくれた甘薯の種芋をもたらしており。

発案こそウィルダリア王太子妃であるものの、これから行われる大街道整備計画も、ペフェルティ領を経由してウェグムンド領とロンダリィズ領を繋ぐもの。


――祖父は一体、どこまで関わっているのでしょう……？


それまで、何年も会うことも名前を聞くこともなかった祖父。

イースティリア様暗殺計画の報を聞いてからこっち、幾度も耳にするようになったその名に、どこか底知れない気配を、アレリラは感じ始めていた。

「あの……イースティリア様？」

ペフェルティ伯爵家のタウンハウスに戻った後。

客間で後ろから抱き締められて、アレリラは戸惑っていた。

「イースだ」

「あの」

「イースだ」

「……イース」

「何だ？」

「この状況は、何なのでしょう……？」

頬に熱が集まっているのを感じながら、アレリラは恐る恐る問いかけた。

夫婦になってから、肌を重ねはするものの、イースティリア様はスキンシップに近い行動が多い方ではない。

なので、突然こうした行動を取られると、やはり緊張するし戸惑ってしまうのだ。

「交易街に向かう馬車の中で、ペフェルティ伯爵が『夫人に名前を呼ばれた！　笑ってた！』と興奮していた」

――彼は何故、そういうことをすぐに言ってしまうのでしょう？

ボンボリーノの、どうしても理解出来ない部分である。

そして、どことなく拗ねているような気配のするイースティリア様もよく分からず、アレリラは思案した。

「申し訳ありません。それに関しては事実ですが、イースティリア様の行動の理由が不明です」

「イースだ」

「…………イース」

そう呼ぶまで質問に答える気がなさそうだったので、アレリラは羞恥に耐えながら名前を呼ぶ。

あまりにも親しみを込めたその呼び方は、未だに恥ずかしさが拭えない。

「記憶にある限り、私への愛称を、君が自発的に呼んだことはほぼない」

「……わたくしも、ほぼ記憶にございません」

「君は、私の妻だろう。他の男に対してよりも、私に対して親しみを見せるべきだと考える。間違っているか？」

「いえ、正当な主張である、と、思います、が……」

「異論があるのか？」

「…………恥ずかしいのです…………」

自分でも驚くほど、それを伝えるのに蚊の鳴くような細い声が出た。

思わず両手で顔を覆うと、肩を摑んで振り向かされる。

乱暴な手つきではなかったけれど、力は籠っていた。

「君の気質は、理解している。しかし、君は同様に、私の心情も考慮すべきだ」

「具体的には、どのような話でしょうか……」

正面を向いているのに目を見ないのは失礼に当たる、とは思っているのだけれど、どうしても顔を覆ったまま目を上げられない。

すると、つむじの辺りに向かって、予想外の言葉が降って来た。


「私は嫉妬している」

言葉として知ってはいるけれど、まさかイースティリア様の口からそのような言葉が出るとは思わず、アレリラは固まった。

——嫉妬？

「例え話をしよう。君は以前、私が贈った香水を調合しに行った際に、嗅ぎ慣れない香りに戸惑ったことがあったと思う」

覚えている。

それ以前は檸檬の香りを好んで使っていたが、イースティリア様に、もう少し甘みのあるオレンジに似た匂いの香水を贈られたことがあった。

「君の様子がおかしくなったことには、しばらくして気付いた。種明かしをするまでの間、不安を覚えたのではないだろうか」

「事実です」

「他者に心を移したのではと、疑った覚えは？」

「……」

「素直に答えていい。それは原因のあることであり、君に咎のある話ではない」

「信じたい、と、思ってはおりました……」

「君とペフェルティ伯爵の話を聞いた私が、先に述べた理由で類似の気持ちを抱いた、とは想像できないだろうか」

そこまで言われて、ようやくアレリラは腑に落ちた。

顔を上げ、謝罪する。

「申し訳ありません。浅慮でした」

「私は怒っているのではない」

「その……努力いたします……」

ボンボリーノに親しみを表したことを怒っているのではなく、イースティリア様に同様の親しみを示していないことが問題なのだ、とアレリラも理解している。

「厳格な面も、貞淑な面も、君の美徳ではあると思うが。……夫として、君に親しみを込めて呼ばれたいという心情は、理解して欲しい」

「十分に伝わりました。ですので、努力いたします……」

アレリラは決して、イースティリア様に距離を置いている訳ではないのだ。

イース、という愛称を呼ぶのが、自分でも分からないけれど、どうしても恥ずかしいだけで。

今すぐにどうこう出来る問題ではないので、アレリラは目を泳がせて、他の方法で好意が伝わらないかと考え……後に思い返して身悶えすることになる、無謀な行動に出た。

冷静に考えれば、どう考えてもそちらの方が恥ずかしいのだけれど、やはり混乱していたのだ。

――ちゅ。

首を伸ばし、イースティリア様の頬に口づけをすると、間近の青く美しい瞳が、真円になるほど見開かれる。

「……こ、これで、伝わるでしょうか。わたくしがこのようなことをするのは、い、イース……に対して、だけ、です」

再び顔を両手で覆う前に、イースティリア様にそのまま抱き寄せられる。

「あ、の」

「機嫌が直った。とても良い気分だ」

耳元で囁かれたあまりにも率直な言葉に。

アレリラは自分が何をしたのか、ようやく理解が追いつき……しばらく顔から熱が引かなかった。


結局、視察日は雨が降ったことで延期になった。

翌日の昼にソリオ氏の案内で設備を査察した後は、ボンボリーノたちと少し露店や商店を冷やかし、その日の夜。

「な、何をしてるの？」

「今日の査察に関するレポートの纏めと、資料の写しの整理、そして旅行後の予算取りまとめについての審議です」

歓談室を間借りしたイーステイリア様とアレリラは、晩餐後に運び込ませた大量の書面をテーブルに広げていた。

魔術の明かりをつけてもらい、昼に近いくらいに明るくしてもらっている。

いつも執務を執り行う際の定位置通りに正面に向き合い、話し合いをしながら資料を要、不要、保留に分けていく。

「実施可能かどうかに関わらず、帝都でも下水道の整備は急務と捉えます。以前に目を通したこちらの資料と照らし合わせると、貴族街よりも中流層の住む地域から着手すれば、費用対効果が大きいかと」

「上水の水質改善とどちらに益があるかは、検討の必要がある。費用面で言えば、この魔法陣式浄水機構を設置する方が即効性は高いだろう」

「その場合、ダムを建造する必要があるのでは？　逆に長期的な計画になる可能性が高いかと」

「最初から帝都の水源であるレイティル渓谷の上流にまで遡る必要はない。フィスコ大河の水質改善だけでも国庫で負担すれば、水価格の抑制に繋がると同時に、現在汚水を煮沸して口にしている層の健康被害を防げるだろう」

「なるほど……ですがそれでは、短期的な措置の域を出ませんが」

「ある程度の改善が行われた後に、ダム建設を行えば良い。並行して中長期的な効果が見込める下水関連を君の言う通り進めてくれ。審議に掛ける」

「では、こちらの集合家屋上階に関する問題は、後々ということですね」

「ああ」

資料を目で追い、それぞれに仮決めした大まかな流れに必要なものだけ抽出し、その傍らに口頭で別の議題を進めていく。

いつもの、落ち着くやり取りである。

そう、一昨日のような話し合いや暴挙よりもよほど……。

と、事あるごとに思い出しそうになるそれを、アレリラは強引に意識から外す。

そんな時に、横で眺めていたボンボリーノとアーハが顔を見合わせ、ポツリとつぶやいた。

「全然、何してるか分からないねぇ〜。手の残像が見えるんだけど〜!?」

「ご飯食べてお腹いっぱいになった後に、眠くならないでお仕事って出来るのねぇ〜……」

言いながら、アーハが大きくアクビをしたので、アレリラは目を上げないまま伝える。

「アーハ様。親族でない殿方の前でその振る舞いは、少々はしたないかと」

「ひゃい！」

慌てて口を押さえたアーハに一つ頷きかけてから、アレリラは審議に戻った。


水道視察から、さらに二日。

中一日で異国からの輸入品の価格調査結果と実態のすり合わせ、並行して現地商人への聞き取り取材を行ったイースティリア様とアレリラは、ペフェルティ本邸に戻り、そこからダエラール領へと発つ為の準備を終えた。

入り口まで見送りに来たペフェルティ夫妻に、イースティリア様が声を掛ける。

「世話になった。ペフェルティ領の更なる発展を願う」

「えーと、旅のご無事をお祈りします〜！」

「幸多き道行きでありますように〜！」

「ありがとうございます。ペフェルティ夫妻のご多幸をお祈りいたします」

別れの挨拶を終え、二人が馬車に乗り込むと。

「また遊びに来てねぇ～!!」

ボンボリーノとアーハの二人は、馬車が見えなくなるまで大きく手を振り続けてくれた。

「何度会っても、気持ちの良い者たちだ」

「そう思います」

と言っても、ボンボリーノは一つ、大変迷惑なこともしてくれたけれど。

「一度、ご予定の確認をしておきますか？」

「ああ」

これは秘書官になってしばらくしてから、定番になったやり取りだった。

イースティリア様ご自身も予定はきちんと把握されているが、どこかへ移動する際は、必ず一度は行う。

「これから二日かけてダエラール領内にある、ダエラール本邸へ向かいます。道中の宿泊は、一度目はペフェルティ領の砦になります」

と言っても、さほど大きなものではない。

関所の石門に少々兵舎が併設されている程度の小規模なもので、常駐する兵士も二、三人程度。

そして住み込みの管理者が一人居て、基本的には彼の住む小屋に泊まることになる。

「今回は大人数ですので、ペフェルティ伯爵に許可を取り、事前に管理者に早馬で手紙を出しました。夜番に当たる者以外は、兵舎に泊まらせていただく手はずです」

「ああ」

「その後、領に入れば半日程度でダエラール本邸に着きます」

ペフェルティ領と比べればダエラール領は雀の涙程度の領地なので、二日も走れば一周出来る。

石門の管理者も含めて、アレリラがよく知る土地と人々である。

予定が一日ずれているので、滞在中に顔馴染み全員に会うのは難しいだろうけれど、領内の様子を多少見て回る程度の時間はあるはずだ。

「滞在予定は二日です。その後はウェグムンド領内を通って、大街道計画予定地を北上してタイア領に入ります」

ダエラール領には、里帰りとフォッシモに対する領地課題の洗い出しと伝達を兼ねていたけれど、それに加えてアレリラはもう一つ、やらなければならないことが出来た。

母、タリアーナ・ダエラール夫人に祖父の話を聞くことである。

あまり親しく話す姿を見なかった祖父と母だけれど、少なくとも嫁入りの18歳までは共に暮らしていたのだ。

なら、アレリラよりも祖父について知っていることも多いはず。

「タイア領の後は、ロンダリィズ領へ向かって国家間横断鉄道の視察。後に飛竜便にて南下し、内海を越えてライオネル王国にある薔薇園に向かいます」

飛竜便は、現在帝都とロンダリィズ領にのみ存在する、特別な移動手段である。

複数の飛竜によって車体を吊る、『飛ぶ馬車』のようなもの。

しかし飛竜そのものが希少であり、同時に乗れる人数も少ないため、現状は物資の運搬手段としての役割が主となっている。

相応に値段も張るのだけれど、薔薇園へ赴くには船では時間が足りない為、イースティリア様が手配して下さったものだった。

「大まかなスケジュールに関しては以上です。何か気になる点などございましたか」

「いいや。アレリラは、飛竜便に乗るのは初めてか」

「はい。そもそも、外国へ足を運ぶのが初めてです」

薔薇園そのものも、以前と意識が変わったからか楽しみではあるものの、アレリラとしては飛竜便に乗れることの方が興味深い。

元々、新技術や渡来品など、人の生活に関わる新しいものに知識欲を刺激される気質だった。

その点では、上下水道の査察も楽しく、またボンボリーノが提供してくれた甘薯も、育てやすさや量の観点から存在を知ることが出来たのも、非常に有益と言える。

「飛竜便と言えば、航空運搬に関して、最近少々興味深い論文が島国から渡って来たのを知っているか？」

「存じ上げません」

アレリラは、素直にそう答えた。

イースティリア様は、帝都の中で誰よりも忙しいはずなのだが、業務以外の事柄に関してもよく情報を仕入れておられる。

いつやっているのか分からなかったのだけれど、以前聞いたところ、どうやら帝立図書館の司書長と仲が良く、彼から、目新しいものがあると提供されるらしい。

「どのようなものでしょう？」

「魔法生物種であるグリフォンの繁殖に関する論文だ。今まで、飛行する大型種の育成に関しては職人の技術や、乗り手の適性に頼ることが多かった」

「それは、存じ上げております」

飛竜も、生まれた時から世話をした者や、特別な適性がある者でなければ乗り手になれず、それが数の少なさに繋がっている。

運搬に関しては、国家間横断鉄道や船などであれば大量の荷物を運べるが、地上を移動するのは地形や移動ルートを考慮する必要があり、どこにでも同じように物を運べるわけではない。

空を移動出来るのであれば、その範囲が劇的に広がるので、どうにか飛竜や乗り手の数を増やせないかと、様々な組織や個人が試行錯誤しているが、今のところあまり上手くいっていなかった。

「グリフォンは、飛行大型種の中ではまだ気性が大人しく、馴らし易く乗り手をさほど選ばないという話だ。人工的に繁殖が可能な技術が確立すれば、運搬に関して、鉄道に匹敵する革命が起こるだろう」

「そうなれば、素晴らしい話ですね。帝国として支援を行うご予定が？」

「今のところ、学会での発表は繁殖に成功した個体がいる、という点に留まっている。具体的な技術公開に関しては、島国首脳部がどのように考えているかによるな」

「なるほど。調べておく価値はある、ということですね」

「国際魔導研究機構や、他国も目敏い者であれば注目している可能性はある。もし何らかの動きがあった場合、即座に動けるようにしておいてくれるか」

「畏まりました」

「島国には、幻獣種の研究をしている公爵がいて、その人物がロンダリィズ伯爵家の嫡男と仲が良いという話もある。かの領に向かった際に、その話をしておくのも良いだろうと考えている」

「畏まりました」

おそらく、その話し合いそのものはイースティリア様が行うのだろう、とアレリラは察した。

「様々なことが、楽しみです」

「そうか」

アレリラが呟くと、イースティリア様が微かに笑みを浮かべる。

「君も楽しんでくれているのなら、嬉しいことだ」

第七章　ダエラール領に到着しました。

「いくら侯爵家の揺れない馬車と言っても、流石に二日で出立は強行軍過ぎない……？」

ダエラール本邸に着き、アレリラが元々自室だった部屋で体を休めていたところ。

顔を見せたフォッシモが、予定を聞いて呆れたように片眉を上げるのに、事実を述べた。

「予定が押しましたので、仕方がありませんね」

「それでも三日でしょう。普通は一週間程度置くものだと思うよ？　体を壊したらどうするの」

少し見ない間に弟の顔つきがしっかりした気がするのは、本格的に領地経営に携わり始めたからだろうか。

背も少し伸びて、顔立ちが少年から青年のそれになっている。

「心配はありがたいですが、問題はありません」

元々、体は丈夫な方で、馬車酔いもしない質《たち》だ。

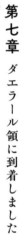

事務仕事で朝から深夜までほぼ机に向かいっぱなしの忙しい時期を考えれば、馬車に揺られているだけで良いのだから、体への負担は少ない方だろう。

「それよりも、フォッシモ。ペフェルティ領からの道程で目にしましたが、西部の棚田地帯に手の入っていない畑が目立つようです。何か理由が？」

もしかして出稼ぎに行っている者が多いのか、とアレリラは推察していた。

短期的に考えると、そちらの方が稼げるのだけれど、食料の確保が疎かになると徐々に自給率が落ちる。

結果として、必要な食料の購入に嵩む費用で領地の支出が増えてしまうのだ。

それを懸念しての問いかけだったが、戻ってきた返答はさらに状況としては悪いものだった。

「ああ……金山の管理を任されることになっただろ？　それで人員を集めたら、めちゃくちゃ応募があってさ……」

その言葉に、アレリラは思わず眉根を寄せた。

「フォッシモ」

「分かってるよ、姉さんの言いたいことは。だけど仕方ないだろ？　誰かにだけ金発掘の利益が行くってなると、それも不満が出る。食料確保の概算は一応、最低ラインは確保してるよ」

「それは、問題の本質を理解した判断ではありません」

アレリラは、痛いところを突かれたような顔をする弟を静かに見つめる。

確かに、不満が出ない采配を行うのは大切なこと。

大切なことだけれど。

「収穫高に余剰がある、というのは、結果としてそうなるだけの話です。天候や虫害の発生を考慮していないギリギリの人員配置は、不測の事態が発生した場合に必要物資の不足に繋がります」

フォッシモの言う最低ラインとは、全てが上手く行った場合の数字なのだ。

中央に納める税と、ダエラール子爵家や領民が一年間、食い繋ぐことが出来る『最低の数字』なのである。

その『余剰分』と評した部分が、災害対策や道の整備などを行う財貨になり、またダエラール子爵家の貯蓄となる。

「でも、税は上がって来た利益によって変動するだろ？」

「12確保した分の２割を支払うことと、10確保した分の２割を支払うことと、８確保した分の２割を支払うことが同義だと思っているのであれば、貴方はもう一度学び直す必要がありますね」

「領民の分は、金山管理で動く男連中が稼いでくる分の金があるじゃないか」

「額だけで見れば、利益は高いでしょう。ですが、帝国全体で食料の不足が起こればどうします？価格が高騰します。そうして遠方から運んで貰うことになれば、さらに運搬料が嵩むのです」

人手はタダではない。

口にする物を確保する為に、間に誰かの手が入る可能性が高くなればなるほど、それは最終的に物資の値段になって跳ね返ってくる。

稼いだ分を超える値段を支払う可能性だって、出てくるのだ。

「『起こらないだろう』という楽観は、下手をすれば民を殺すのですよ、フォッシモ」

「参ったな……姉さんには口では勝てないね」

フォッシモは苦笑して、両手を開いて種明かしをする。

「実は俺も、似たようなことを言ったんだよ。でも、父上と皆に押し切られてね。どうすれば良いと思う?」

「何を言い争っている?」

彼が問いかけて来たタイミングで、イースティリア様が顔を見せた。

父と領地間の関税について話をしに行くと言っていたのだけれど、もう終わったのだろうか。

多分、父が首振り人形のように提案に頷くだけだったのだろう、とは思うけれど。

「金山管理関係の人員配置で、領地の運営に支障が出ているそうです」

アレリラがフォッシモと言い合っていた理由を説明すると、イースティリア様は顎に指を添えた。

「なるほど、それは問題だな」

「宰相閣下なら、どう解決いたしますか?」

人の手を借りているとはいえ、ダエラール領とは比べものにならない広大な領地と帝国全体の采配を行うイースティリア様の出す案に興味があるのだろう。

フォッシモが興味津々の様子で問いかけるのに、イースティリア様はあっさりと答えた。

「二つ解決案がある。一つ目は、誰かに責任を持たせてしまえばいい。もう一つは、別の対価を示して引き戻すことだ」

「責任を持たせる、というのは?」

「領地内にも集落があるだろう。代表者がいて、税の取りまとめなどを行っているはずだ。視点の広い聡い者であれば誰でも良いが、物事を理解出来る者に説明の後、ある程度の権利を与えて義務

を負わせる。報酬と罰則を提示すれば、必要な人手の確保や説得を、その人物が行うだろう」

要は、ウェグムンド領の小領主のように『その地域の収穫量を管理する存在』を作る、ということだ。

「では、別の対価とは？」

「一つ目と似たようなことだが、アレリラの言う最低限の財源と税、食料の確保をさらに小さく分けた上で、必要十分なノルマを『個人』に課すことだ」

現状のように、村全体の責任として収穫量を確保するのと似ているが、イースティリア様のご提案は考え方としてはさらに一歩進んだものだ。

「『収穫にノルマ以上の余剰が発生すれば、それを個人の資産とする』というような領法を作ることは、禁止されていない」

つまり、収穫高の一部を、村の利益ではなく個人の利益にすることを許す、ということだ。

領民が出稼ぎをする意味は、この『個人の資産』が得られるのが、内職した物を売るか外で対価を得るくらいしか手段がないことにも由来していた。

二つ目に対して少し歯切れの悪い言い方になったのは、法的にグレーゾーンの話だからだろう。

確かに禁止はされていないけれど、基本的に『領民と領地の資産は帝国のものである』とされる。

領主は帝王陛下から土地を預かっているだけ、という法の定めは、先代帝王陛下の頃に制定されたもので、領主の領民への横暴を防ぐ目的で作られた。

しかし実態として、権利関係はさほど変わっていない。

領民の訴えに中央が介入出来るように、と定められただけである。

それを勝手に『個人の資産として良い』とするのは、厳密には法に反する。

が、税を納めないことに対する罰則はあっても、余剰分を領主が個人の裁量で分配することに対する罰則はないのである。

「宰相閣下がそれを勧めて良いんですか……？」

フォッシモも気付いたのだろう、軽く頬を引き攣らせるが、イースティリア様は動じなかった。

「現法の改正は、元老院で既に議題に上げている。領地を持たない商人貴族や、定めた家を持たない平民の行商人の権利確保と合わせて、権利関係を明らかにすることが今後必要になって来ているからだ」

経済の実態と法は、往々にして乖離する。

法が基本的に後追いであるからだが、本来ならアーハの父は『準男爵』という地位に当たる。

準爵位は、領地持ちの男爵位と同様の税を課され、権利を与えられるのだが……最近そうした領地を持たず交易を主とした商人貴族の方が、資産が多く力を持ち始めているのである。

しかし、階級としては準の方が劣るという慣例があり、それで衝突や差別が起こる問題が頻発したことで、イースティリア様はそれを是正しようとなさっていた。

「故にウェグムンド領では、帝王陛下の許可の下、既にそうした施策を行っている。成功事例が多ければ改正の後押しになるからな」

「凄いですね……」

フォッシモは唇を指先で撫でて思案してから、すぐに答えを出した。

「個人資産とする、方を試してみることにします。それを踏まえての、ご相談なんですが」

「ああ」

「義兄上から、父に口利きして貰えます？　爵位を継ぐまで、後少し耐えようかと思っていたのですが……本格的な動きが始まる前に対処しておいた方が良さそうなので」

ニヤリと笑うフォッシモに、アレリラは内心で驚いた。


――いつの間にか、強かになっていますね。


どうやら、弟が変わったのは外見だけではなかったようだ。

もしかしたら、アレリラの指摘にたじろいだ態度を見せたのも、演技だったのだろうか。


――いつまでも、子どもではないのですね。


アレリラ自身が変わり始めているように、フォッシモも変わっていっているのだろう。

以前なら、その変化に戸惑いを覚えたかもしれないけれど、今は『頼もしくなった』と思えるのが、自分でも不思議だった。

イースティリア様は、フォッシモの茶目っ気まじりのお願いに目線を和らげて、これまたあっさりと頷いた。

「良いだろう。隣接する領を預かる義弟《おとうと》に貸しを作っておくのも、悪くはないからな」


その後、晩餐の席でイースティリア様が人員の話を振ると。

父、ツェルン・ダエラール子爵は、二つ返事で人員配置の見直しを了承した。

食事を終えるとそそくさと入浴に向かうその背中を見送っていると、フォッシモが大きく溜め息を吐く。

「俺の話を、あの半分でも聞いてくれればね……」

「お父様は上に逆らわない気質ですからね」

「短気だし、小心者だし、日和見だし。母上はよく愛想を尽かさないね？」

と、フォッシモが話を振ると、母、タリアーナは口元を押さえて吹き出した。

どうやら、弟と親しげに話していたからか、父よりも早くイースティリア様に慣れたようだ。

「そうね、フォッシモ。貴方の言う通りだけれど、あの人はあれでも良いところもあるし、可愛いところもあるのよ？」

「……可愛い？」

珍妙なモノを見るように母を見つめるフォッシモに、アレリラは目を細めて苦言を呈する。

「お母様に対して、その顔は何ですか」

「いやゴメン。あんまり予想外の返事だったからさ」

慌てて表情を改める彼とのやり取りを、どこか楽しそうに見ていた母は、食後のお茶を軽く口に含む。

容姿だけはアレリラに似ているけれど、母は表情豊かでのんびりとした人だ。

あまり社交が得意ではなく、特に男性が苦手だと口にしていた。

「お聞きしたことがなかったのですが、お母様の縁談は、お祖父様が取り持ったのでしょうか？」

良い機会なので話を振ってみると、母は「ええ」とうなずいた。

「『彼は君のことを大切にしてくれるだろう』と、あなたたちのお祖父様は仰っていたわ。実際、大切にしてくれているわよ。あの人は口では偉そうにしているけれど、どこに行くにも私と一緒でなければ気が済まないのよ。『心配だ』って」

「心配って？」

フォッシモの問いかけに、母は、どことなく嬉しそうに答える。

「『君が美しいから、目を離してる間に誰かに取られないか心配だ』って」

「…………父上が？」

「そうよ。縁談の申し込みも、あの人から来たらしいわ」

あまり帝都で人と交流しなかった母だが、一度だけ祖父に連れられて行った夜会で見初められたらしい。

遠目に見ただけで一目惚れし、その場では話しかけることも出来なかったみたい、と母は言う。

「可愛いわよね」

「いや、一般的にはそれはヘタレって言うんじゃないかな……」

「そんなこと言うけれど、貴方はあの人にそっくりよ？」

「どこが!?　俺はあんなに頭固くねーよ！」

「フォッシモ。言葉遣いに気をつけなさい」

すぐムキになるのは、まだまだ子どもの振る舞いだ。

と言うよりも、それこそこういう部分が、父に似ているのかもしれない。

アレリラは、口を挟んで話を戻すことにした。

「縁談が纏まるまで、お会いしたことはなかったのでしょうか？」

「顔合わせはしたけれど、遠かったから一度だけだったわ。先にお祖父様がお会いになって、決めたのよ。その時に『社交が嫌いなら公の場に出なくても大丈夫です、大切にします』って宣言したって。ふふ、今でもその話をすると不貞腐れて真っ赤になるのよね」

「ヤッベェ……親の惚気、想像以上にキツい……！」

アレリラは父のそんな話になんとも思わなかったが、フォッシモは頭を抱えていた。

母は相手にするのをやめたのか、こちらを見て目を細める。

「あの人は心配性なのよね。アレリラを産んだ時も大変だったのよ。ちょうど帝都の社交シーズンに入りかけていたところで、私は一緒に行けなかったの。そうしたらあの人、『心配だ！　帝都には行かない！』ってダダを捏ねてしまって」

母が、ふふ、と思い出し笑いをする。

「当時の私にはあまり分からなかったけれど、侍従が必死に説得してたてね。『帝室主催の新年会は、絶対に行かないといけない』っていうことを、私もその時に知ったわ」

「え？　母上、それまで新年会にも参加してなかったのですか!?」

テーブルに突っ伏し掛けていたフォッシモが顔を上げる。

こんなに忙しない子だったかしら、と思いつつ、アレリラは母の話に耳を傾ける。

「結婚するまでに出たのは、デビュタントの時くらいだったわね。それも、挨拶だけしてすぐに帰ってしまったし」

母が昔、『新年はお祖父様も帝都に向かわず、ほとんど領地で一緒に過ごしていた』と言っていたのを思い出す。

「お母様は昔、雪の深い土地だったからあまり頻繁に帝都に出られなかった、と仰っておられましたが」

「そうね。お祖父様からそう聞かされていたわ。でも、より北方のロンダリィズ伯爵家の方は毎年少し早めに出立して参加なさっている、と聞いて、それも驚いたわね」

アレリラがチラリと目を向けると、イースティリア様は、二人のやり取りをいつも通りの顔で眺めていた。

——出立前のやり取りや、ペフェルティ領での祖父の動きを見るに。

母が新年会にすら参加しなくて良かったのは、祖父に何かしらの『特権』や『免除』があったのだ。

それまで黙っていたイースティリア様が、そこで初めて口を開いた。

「タイア子爵は、御母堂にとって、どのような人物でしたか？」

イースティリアが問いかけると、タリアーナ夫人は特に疑問を抱いた様子もなく、質問に答えてくれる。

「とても優しい人ですよ。少し悪戯好きですが、危ないことをした時以外で怒られたような記憶は、ほとんどありません。ですが……おそらくあの人は、私のことがあまり好きではないのです」

「そう感じる理由が？」

ふと彼女の表情が翳《かげ》ったので、重ねて問いかけると、すぐに微笑みを浮かべて困ったように小首を傾げる。

「宰相閣下はご存知かと思いますが、私は、あの方の実の娘ではありませんから」

「耳に挟んだことがあります。理由がおありだったのでしょう？」

「ええ。身籠った後に離縁された母……アレリラたちの祖母を、あの人が引き受けたのだと聞いております」

「俺たちとお祖父様って血が繋がってなかったの!?」

「あら、貴方には言ってなかったかしら」

「初めて聞いたよ！」

フォッシモとタリアーナ夫人のやり取りを聞きながら、イースティリアは得心した。


――なるほど、そう説明していたのか。


そしておそらく、それ以上の詳しい事情は説明していないのだろう。

タリアーナ夫人の父母世代であれば知っている者も多いだろうが、帝室の醜聞であるが故に、現帝陛下が地位を継いだ頃には、既に多くの者が口をつぐんでいたに違いない。

知らずとも無理のない話だ。

「タリアーナ夫人が、あまり社交そのものを好んでいないのは、そうした理由が?」

積極的に社交をしないよう、タイア子爵に言い含められていた可能性もある。

すると、タリアーナ夫人は軽く視線をそらした。

「そうですね。田舎者でしたし、その、私は今もあまり、男性が得意ではないのです」

言葉を濁した物言いから、あまり言いたくないことなのだろう。

しかし、イースティリアとしてはタイア子爵の人となりを知るために、少しでも情報が欲しかった。

――どうすべきか。

尋ねて良いものか判断がつかず、アレリラに目を向けると、どうやら彼女もこちらを見ていたようだ。

視線で問いかけると、微かに頷いて彼女が口を開いた。

こうした意思疎通が素早く通じるのも、アレリラと共にいるのが心地よい点だ。

「男性が得意ではないことは存じていますが、何か事情が？」

「あまり言いたくはないけれど……あなたたちだけでタイア領に向かうのですものね……」

「ええ。知っておけることがあれば、お母様の口から聞いておきたいと思います」

アレリラが淡々と述べると、タリアーナ夫人は小さく息を吐いてから答えた。

「私が幼少の頃、お祖母様が流行り病で身罷《みまか》ったことは知っているでしょう？　その時、丁度北の国との戦争が起こっていて……お祖父様は、北征軍の助太刀に向かっていたのです」

その話は、陛下から聞いた話と符合する。

――流行り病だったのか。

死亡時期などは把握しているが、その時の詳しい状況まで年鑑に記されているわけではない。

――タイア子爵が、上下水道の整備について考え始めたのも、その頃なのかもしれんな。

病が不衛生な環境から広がるのは、その当時から徐々に周知されて来たことだ。

妻を失ったことが、行動の一因になったことは想像に難くない。

イースティリアがタイア子爵の行動の理由について納得していると、タリアーナ夫人は、さらにこう言葉を重ねた。

「その隙を突いて……暴漢が、屋敷に侵入して来たのです」


『タリア……お父様は必ず帰ってくるわ。だから……それまで、良い子でね。愛してる』

そう言って、母ソレアナが亡くなった時。

バルザム帝国は、北国との戦争の真っ只中だった。

普段、笑顔しか見せたことのなかった父がとても厳しい顔をして旅立ったのを、タリアーナはよく覚えている。

『かつて帝国が犯した罪のツケを、清算する時が来たのだ』

その言葉の意味が、まだ幼かったタリアーナには分からなかったけれど。

いつも父に強く出ていた母が何も言わずに見送ったから、それが必要なことなのだと、理解は出来た。

戦の終結までには、二年掛かった。

その間、父は手紙をくれたけれど、一度も戻ることはなくて。

訃報の手紙を送ったのは、戦争が終わりかけた時期。

母が亡くなった心の整理がようやくつきかけた頃に、それは起こった。

外で何やら騒がしい声が聞こえて『賊が出た！』と使用人が叫んだのだ。

そうして、タイア本邸のある村に入り込んだ賊は、村を占拠した後『領主の娘を出せ』と門前に姿を見せたのだ。

賊は強かった。

門番が殺されてしまい、けれど門と屋敷を囲う壁は破られなかった。

帝国内で見ても類を見ないほど、タイア本邸は強固で高い壁と厚い門、そして魔術による結界が施されて守られていたのだ。

侍女に抱き締められて屋敷の中でタリアーナが震えていると、侵入出来ない事に業を煮やしたのか、賊が屋敷の周りに火を放った。

中には延焼しなかったけれど、壁の外や木々を這うように広がって行く炎の熱気と、草木の燃える臭い。

そして遠くから聞こえる、男のしゃがれた恐ろしい怒鳴り声。

何度も夢に見るほど恐ろしい記憶が脳裏に焼き付き、タリアーナは男性が苦手になった。

特に声が苦手で、低い声やしゃがれ声は聞くだけで体が強ばるくらいに。

けれど、天はタリアーナを見捨てていなかった。

籠城し始めて一日。

まず、結界や壁が破られる前に、雨が降り始めた。

後で聞いた話だと、火攻めが徐々に鎮火して行くのを見て、別の手段を模索した賊の一部が、村に戻って人質を取ろうとしたらしい。

その村に戻った賊が、何者かによって殺された、と外が騒がしくなった。

しばらくして、最初に怒鳴っていた男と誰かが言い争うのがタリアーナの耳に届く。

『――――の、胤かもしれぬ子を……！』

『奴の娘……らを、第二王子を貶めた報復……！』

『させぬ！』

『本気で惚れ……無様……』

『貴さ……己が罪を……！』

剣戟と鬨の声、悲鳴に混じる、必死な声と、嘲弄を含んだ返し。

やがて全てが収まると、老齢の家令が走ってきた。

「賊が、始末されました！　兵団を率いて来られた方が、怪我をなさっておられます！　どうなさいますか、お嬢様……！」

家令の顔は引き攣っていた。

きっと、タリアーナに判断を預けるのが心苦しかったのだろう。

でも今、この屋敷で、その判断が出来るのは自分しかいなかった。


——どうすれば。


そこでタリアーナは、母の言葉を思い出す。

『どのような失敗をしようと構わないけれど、恩だけは忘れてはダメよ』

だから、助けるように指示を出した。

けれど、タリアーナはしばらく会わせてもらえなかった。


——命の恩人は、片腕が落とされてしまっていたのだ。

凄惨な状況で、傷からの熱で生死の境を彷徨った彼が、どうにか一命を取り留めたタイミングで、父が帰還した。

『会うか？』

事情を知った父にそう問われたタリアーナは、発露し始めていた男性への恐怖を堪えて対面した。

その様子をどう捉えたのか、礼を述べたところで、彼がふと言ったのだ。

『私は、旦那様に雇っていただけることになりました。ですが、お嬢様のお目にはなるべく触れないように努めます』

そう言って、回復した彼は村の入り口で見張り番を務めることになったのだ。


「あの方は、元々騎士だったのですか？」

馬車の御者とのやり取りの際に、ほんの少しだけ目にしたことがある隻腕の老人。

その人物の意外な話に、アレリラは問いかけていた。

「騎士であったかどうかは知らないけれど。命の恩人であることは間違いないわね」

「ていうか、そんなことがあって男が怖いのに、よく父上と結婚したね？」

フォッシモが不思議そうな顔をすると、母は首を傾げる。

「会うまではもちろん怖かったけれど、お祖父様の言葉は絶対だもの。でも実際に会ってみたら……あの人は全然威圧感がないでしょう？　それに、あの人の声だけは不思議と怖くなかったの」

確かに父は、背丈は母と同じくらいで、物心ついた頃から小太りの体型は変わっていない。

声は割と高めであり、しゃがれてもいない。

どちらかと言えば、子どものような声音とでもいうのだろうか。

すると、イースティリア様が会話がひと段落したところで口を挟む。

「お話を聞くに、タイア子爵と疎遠になったのは、その後の話のようですね」

「あ、ええ……離れていたし、母が亡くなってから少しずつ、という感じかしら……あまり話すことがなくなってしまって」


――母の、男性に対する恐怖に気づいていたのでしょうか。


それだけが理由では、ないだろうけれど。

「お母様、お話いただきありがとうございました。お祖父様に伝えておくことは、何かありますか？　言伝で都合が悪ければ、手紙を認《したた》めていただければ、お持ちいたしますが」

「あの人に？　そうね……」

母は視線を上に彷徨わせると、小さな笑みで答えた。

「『私は今、幸せですよ』と、伝えてもらえる？」

「分かりました」

話は、それでお開きになった。

その後、一日だけイースティリア様と共にダエラール領を視察した。

晩餐の前に帳簿を確認して小さな問題点を幾つか纏めた後、フォッシモに手渡して所感を述べる。

「金山の人員配置以外に大きな問題は見当たりません。堅実な経営ですね」

「ありがとう。褒められて嬉しいよ」

「余力があれば、領内の蚕事業に支援を。絹糸の需要は多くはありませんが、帝都にて不足傾向があります。価格に注意を向けておけば、高騰の際に利益が増えるでしょう」

主に、ロンダリィズ工房製のドレスが原因である。

帝国内だけではなく、諸外国にもその質と美しさが知れ渡り始めていた。

あの領の事業は、これからさらに伸びる事業ばかりであり、それは服飾に関しても例外ではない。

今後本格的に広まった場合、他の服飾工場で品質の良い材料の確保が困難になることや、新技術、新繊維の開発などが求められる可能性が高くなる、という予測を立てていた。

しかし、アレリラがそのタイミングを直接知り得るのは、業務上の書類である可能性が高い。

その情報を流すと横流しになってしまうので、黙ってフォッシモに一任するしかなかった。

「出来るだけ頑張ってみるよ」

「ええ。ですが、無理だけはしないように」

「姉さんにだけは言われたくないなぁ」

イースティリア様が父と話をするのを待つ間、話題繋ぎか、ふと近衛に目を向けたフォッシモが問いかけてくる。

「そう言えば、護衛は幻獣に乗っているのに、馬車なんだね」

「最近の学会では、幻獣を魔法生物と呼ぶそうですよ」

魔法生物とは、魔法を操る生物の総称である。

人に馴らすのは難しく、飼育に関しても研究中の分野に属する生物だ。

現在でも、探検家などが実在を確認した野生の群れを見つけては捕獲し、記録として残している。

魔法という呼称は、人の操る魔術とは違い詠唱を必要としないので、差別化されているそうだ。

炎を吐いたり空を飛び続けることが可能であったりする点や、種族ごとに操る魔法が違う点から、魔導具のように特定の魔法を操る専用の器官が体内にあるのでは、という考察が最新の研究で発表されていた。

「魔法生物ね。どっちの乗騎も見たことないけど、どんな能力があるの？」

フォッシモは興味を引かれたようで、そう問いかけてくる。

イースティリア様とアレリラに片時も離れずについている男女それぞれの近衛は、走竜《ドルゴ》と一角馬《ユニコーン》を乗騎としていた。

「ナナシャ」

「はっ！　ご説明いたします！」

護衛のナナシャは、腕を後ろに組む。

筋肉質な体をしている彼女は、元は貴族令嬢だったそうなのだが、一角馬に好かれたことと武術好きが高じて実家を飛び出し、騎士団に志願したという変わり者である。

金髪碧眼の美女なのだが、恋愛には興味がないらしい。

「走竜は、二本足で走る翼のない竜で、馬とさほど変わらない体軀ですが炎を吐くことが可能です。脚力を強化する魔法で高速で移動することも出来ます！」

「ふぅん。君の乗騎である一角馬の方は？」

「短時間空を駆けることが可能で、治癒の魔法や雷鳴を操ります！」

「雷を!?　凄いな！」

フォッシモが興奮した様子で、美しいツノを額から生やした、金の鬣《たてがみ》を持つ白馬を見る。

「ちょっと使ってみたりとか」

「フォッシモ」

「ごめん。さすがに冗談」

アレリラは小さく息を吐き、おそらく半分は本気だっただろうフォッシモの意識を逸らすために先ほどの質問に答えることにした。

「わたくしたちが馬車に乗っている理由ですが。車を引くことの出来る巨体を持つ地竜は、普通の領地にある狭い道を進むことが出来ません。また、狭い道を通れるような車では、そもそも地竜の速度で走ると壊れるのです」

地竜は、変に固められていない道を走った場合、重みと速度で道を無駄に荒らす。

また、車が耐えられる速度で走ると、体力面では馬に遥かに勝るが速度はさほど変わらない。

「地竜は一昼夜走り続けることが可能ですが、休息を取らなければ人の方が参ってしまいます」

故に、急ぎの旅でもない為、小回りのきく馬車を使う方が合理的なのである。

「はー、そういうもんなんだね」

「貴方は、もう少し移動手段に関しても勉強をしなさい。流通の要ですよ」

この分だと、国家間横断鉄道についても通り一遍の知識しかないに違いない。

あの画期的な発明が広まり、さらに魔法生物の飼育……先にイースティリア様と話していたグリフォンの繁殖が成功すれば、流通革命が起こるだろう。

そうなると、運ばれる物資の量が変わり、経営の仕方にも選択が迫られることとなるのだ。

「次期領主が、興味がないでは困ります」

「今からうんざりしてるけど、まぁ、頑張るよ……」

情けない声音でフォッシモが答えたところで、家の中から父の高めの声が聞こえてきた。

「話は終わったのかな？」

「そのようですね」

二人で同時に目を向けると、屋敷の扉が開き、イースティリア様と父が姿を見せた。

第八章　祖父の秘密に迫ります。

「父と、祖父の話をなさったのですか？」

ダエラール領を出立した後、馬車の中でアレリラは問いかけた。

「ああ。男性に恐怖を抱いている女性を、嫁がせる判断をどのような点を見て行ったのかに興味があってな。手元に置いておきたいと思うのが自然だろう」

イースティリア様の言葉に、小さく頷く。

母は上手く行った方であると思うけれど、もし相性の問題などで失敗した時のことを考えれば、慎重になるのが当然だ。

事業の失敗よりも、下手をすれば取り返しのつかない事態になるのだから。

「聞いたところ、縁組の打診をダエラール子爵が行った後、タイア子爵はダ、エ、ラ、ー、ル、領、に、何、度、も、足を運んだらしい」

どことなく含みのある物言いの意味を、アレリラは考えた。

タイア子爵領は遠い。

さらに二年間領地を空けており、様々な忙しい時期を抜けた頃に、祖父は母の状態に気付いたのだろうし、時間も少なかったはず。

「……行動に合理性はありますが、どことなく違和感がありますね」

娘を預けるのに、相手の人柄のみならず領のことや本邸内の雰囲気まで把握しておく、という心情は十分に理解出来る。

なので、違和感を覚えているのはその点ではない。

「何故か、という部分については、考えが及んでいるか？」

「申し訳ありませんが」

この短時間で答えに辿り着ける気がしないので、アレリラは素直にそう口にする。

するとイースティリア様は頷き、ご自身の推論を口にした。

「実際の行動とスケジュールが合わない。おそらく時間が足りない以外にも……御母堂は、帝都の新年会に参加することすらなかった、と言っていたな」

「ええ」

「御母堂の口調から、新年『も』共にいた、という風に取れた。父親の心情としても、怖い目に遭った娘と慎重に接するように努めていたこととは別に、側を離れるのは抵抗があったのではないか、と考えている」

言われて、アレリラは気付いた。

「つまり『長く留守にする期間が、通年なかった』という意味に取れますね」

「ああ」

「だから、計算が合わない、ということですか」

ダエラール領を訪れるには、帝都からでも時間が掛かる。

道の整備されていない北西部から来るのなら、アレリラたちが赴く為に設定した期間……トラブル込みで往復二週間以上……は見なければならないだろう。

何度も足を運んだというのなら、留守にする機会は多かったはずだ。

さらにその間に、ペフェルティ領の上下水道の話もしていたのだとすれば。

「祖父は、どのように行動を？　影を立てていたのでしょうか」

「いや、私の仮説では、もっと大きな秘密が存在している」

「大きな秘密……」

イースティリア様は、そこからしばらく黙った。

何かを熟考しているようだ。

待っていると、やがて口を開く。

「仮にタイア子爵が飛竜乗りであったとしても、まだ時間が足りないだろう。……アルは、ロンダリィズ領の国家間横断鉄道が、どのような経緯で出来たかは把握しているな？」

「はい。最初は、古代遺跡から発掘された魔導具の術式が魔導機関《エンジン》に転用できた、というところから始まっているはずです。その後、南西の大公国から輸入された良質な魔力を蓄えた魔石燃料によって長時間稼働することが可能になり、鉄道の実現に繋がりました」

古代遺跡の中には、『現在とは別の方向に、高度に発展をしていたのではないか』と言われるものが存在する。

その中の一つが、離れた地域に存在する共通点がある都市、というものの点在だった。

明らかに高度な魔術や魔導具を使用しているのに、その都市間の流通や情報伝達がどのように行われたのかが不明なのである。

特にそうした都市遺跡がある程度集中しているのが、ロンダリィズ領に代表する、北西を開拓した者たちの領なのだ。

古代文明は、なぜ滅びたのか。

どうやって交流していたのか。

それを世界の謎の一つとして、学者や魔導士の中には専門に研究している者が一定数いるらしい。

「魔導機関の元となった魔導具は、魔石燃料なしに微弱な魔力を放つ永久機関であるという。それを使用した移動手段が、過去に存在していたとすれば？　そして、あちらの地域で秘密裏に発掘されていたら？」

飛ぶ生き物よりも、鉄道よりも速い移動手段。

「そんなものが、本当に存在するのですか？」

「信憑性は現在のところ全くないが、記録された伝承の中にはそれを示唆する記録が幾つかある。御伽噺の中で、魔女が行使したとされるが、現在は遺失している魔術だ」

アレリラは、イースティリア様が言いたいことに思考が追いつかなかった。

けれど、黙っているのも失礼なので、彼が言いたいだろうことを口にする。

「つまり、転移の魔術が実際に存在する、と？　古代遺跡の中から発掘された文書などの中に、使い方が記述されたものがあり、それを習得、秘匿している？」

「あるいは、古代遺跡の内部に完全な形で何らかの魔導具が現存していた可能性も、０ではない」

「荒唐無稽では」

流石にイースティリア様の言葉でも、それは即座に飲み込むのが難しい。

何せ、御伽噺である。

「しかし、他に短期間に各領を往復する方法がない。影を立てていたという説は、かつて自分が留守の間に襲われた娘を一人残して出掛けるのと、心情的には変わらないだろう」

アレリラは、久しぶりにイースティリア様から発された『その言葉』を耳にする。

「あり得ないと思える出来事でも、それしか説明がつかないのなら、事実である可能性が一番高いのだ」


イースティリアは、アレリラへの説明に苦慮していた。

古代の遺物に関しては、実際に『どれほど離れていても声を届ける』遺物が、王家の秘宝として存在しているのだ。

しかし、それを傍証として挙げることは出来ない。

秘宝の存在そのものが機密であり勝手に明かすことも出来ず、明かしたとしても、今度は帝王陛下とタイア子爵の関係性にまで言及する必要が出て来るからだ。

アレリラがあまり納得していないのは理解出来たが、それ以上の説明は出来なかった。


――難しいものだ。


イースティリアの心情としては、アレリラに全て説明しておきたい。

元・第一王子殿下であるサガルドゥ・タイア子爵との血の繋がりがないとしても、当時の状況を知らない者がどこかから情報を嗅ぎつけ、アレリラを利用しようと考える可能性がある。

事実を知って警戒するのと、そうではない状態で警戒しろと伝えられるのとでは、心構えに雲泥の差が生まれるのだ。

今のようにほぼ一緒にいる状況であれば、イースティリア自身が警戒し、かつ、周りの情勢に目を配っていれば良いが、今後もこの状態が続くとは限らない。

現に、自身の暗殺計画の話が上がっていることでも分かるように、権力中枢にいるイースティリアの側は、ただでさえ危険なのだ。


――タイア子爵の口から、説明されれば一番良いのだが。

そんなあり得ない希望を抱いてしまう程度には、イースティリアは現在の状況に苦々しい思いを抱いていた。

そうして、ダエラール領を離れたアレリラたちは、ウェグムンド領に入ると馬車から竜車に乗り換えた。

ウェグムンド領内で乗るのは、地竜が引く竜車である。

幾度か目にしたことがあるが、茶色の鱗を持つ地肌と、同色の毛並が体の関節部と顔を覆う巨大な魔法生物である。

竜匠と呼ばれる、特別なテイマー能力を持つ人材のみが世話を行い、御者となる為、非常に数が少ない。

気質は温厚な方であるらしいが元々人よりも遥かに長寿である為か繁殖の実績はなく、野生の、親を失った子、という極めて限定された条件でのみ人に懐くらしい。

各国に数頭、小国であればそもそも所持することすら困難な生物である。

ウェグムンド領が所持しているこの個体の御者も、馴らした竜匠から数えて三代目の弟子であると聞いている。

テイマー能力は血筋で受け継がれるものではないため、御者同士の血の繋がりもないらしい。

「やはり、揺れが少ないですね」

竜車そのものは、ウェグムンド領を訪れた際に一度乗っているが、体への負担の軽さが馬車の比ではなかった。

車体は先ほどまで乗っていた馬車の二倍近く、さらに強力なバネによって支えられている。

「竜車だけの力ではない。『竜道』は、ウェグムンド領の移動の要だ。一般に開放する代わりに、本邸がある場所を中継点とすることで領に利益もある」

「存じ上げております」

イースティリア様は何気ないことのように答えたが、それには膨大な維持費が投入されている。

この道の整備・維持体制は大街道計画の参考になるほど優れており、ウェグムンド領の主要事業の一環だからだ。

ウェグムンド領は平野部が多く、元々交通の要だったが、それに加えて『竜道』は安全や速度に配慮した道である。

道の広さも竜に合わせて幅が広く行き来がしやすい上に、土の魔術が得意な魔導士によって、固さを保ったまま荒れないように定期的に整備されていた。

その上、通過の際の関税のみで多くの旅人や行商人が利用出来るのだ。

『竜道』は隣接する各領に向かって、ウェグムンド本邸から各方面に向かって伸びており、かつ領主が管理する道である為、宿泊所もそこかしこに設置されている。

が、そんな安全であるはずの道行きに、突如不穏な騒動が起こった。

『魔物だ!!』

という旅人の叫びと共に悲鳴が巻き起こり、ギャアギャアと耳障りな鳴き声が複数聞こえてくる。

「魔物だと……？」

イースティリア様が、かすかに眉根を寄せたタイミングで、緩やかに竜車が速度を落として行く。

「駆け抜けないのですか？」

魔法生物、と呼ばれる類いの生物の大半は、獰猛で人を襲う。

馴らせる種や比較的温厚な種が『幻獣』と呼ばれていたように、獰猛で敵対的な種は、基本的に駆除対象として『魔物』あるいは『魔獣』と呼ばれて区別されていた。

しかし地竜であれば、多少獰猛な程度の魔物など相手にもならないはずである。

さらに竜車には、防護結界が施されていた。

イースティリア様の身の安全を考慮するのなら、無視して進むのが結果的な安全に繋がる。

けれど。

「ウェグムンド領内での災害は、最優先で対処するように徹底している。川の氾濫、土砂崩れ同様、魔物の討伐も例外ではない。領民を守る為に、我々は財を預かり、贅に興じることを許されているのだからな」

「失言でした」

「良い。テラスへ出るぞ」

竜車は人の身長よりも高い車輪によって支えられている為、相応に大きいが、重量の関係からアレリラたちが乗る場所以外には屋根がない。

密閉した荷物などを置く後方のテラススペースに出ると、一角馬で空を駆けていたナナシャが目を剝いた。

「閣下！　危険です、お下がり下さい！」

空を見上げると、黒い魔物がガァガァと飛んでいる。

石のような質感の肌を持つ、コウモリの翼を生やした悪魔のような姿をした強靱で厄介な魔物、ガーゴイルだ。

それも複数おり、それぞれに通常よりも巨大であるように見えた。

――近年、魔物の力が増し、強大化しているという話は聞いておりましたが。

見てわかるほど明らかだとは思わなかった。

イースティリア様は、ナナシャの声に軽く手を上げただけで応え、テラスの端に着くと、珍しく声を張り上げた。

「護衛兵以外は竜車へ寄れ！　遠い者は木々の側へ行ってしゃがめ！」

ガーゴイルは目と鼻が良くない、という資料がある。

聴覚は良いが、ジッと身じろぎせず息を潜めることでやり過ごせると伝わっていた。

空からの攻撃は対処が難しく、ガーゴイルの場合、弓などの魔術以外の攻撃手段はその体の強固さから有効ではない。

「どうなさるのです!?」

もう一人の、イースティリア様の近衛である走竜の乗り手、トルージュが投槍を構えながら問いかける。

黒い短髪の、日に焼けた肌をした大男だ。

彼に、イースティリア様は言葉を返した。

「結界を張る」

イースティリア様が手を掲げて呪文を唱えると、近くに寄って来た旅人ごと、強固な結界が竜車を包んだ。

「ナナシャ、地竜を戦闘に使うことを許すと伝えて来い。トルージュ、今から補助魔術を掛ける。確実に始末しろ。護衛兵の一部は、怪我をした者たちを守れ!」

イースティリア様が頷いたので、アレリラは彼の横に立つ。

こちらを襲おうと降下してきたガーゴイルが天蓋に弾かれるのを見ながら、アレリラはナナシャとトルージュを含む護衛兵たちを、乗騎ごと補助魔術の対象とする。

「……!?」

いきなり投槍が軽くなったからか、トルージュが兜の隙間から覗く目を大きく見開いた。

「おそらく、それならガーゴイルの体を貫けるはずです」

イースティリア様とアレリラは、共に攻撃魔術を不得手としている。

また、金や銀の瞳を持つ者など、選ばれた魔術の使い手には及ばないが、それでも貴族である。

イースティリア様は、帝国に他に類を見ない防御魔術の使い手であり、アレリラは身体強化の補助魔術に優れている。

事務仕事で長時間同じ体勢の体を保護したり、馬車に乗る時に負担が掛からないように使用している魔術も、本来はこうした使い方をするものである。

イースティリア様の采配で行動が一つに纏まり、地竜による砂嵐のブレスや、走竜の炎のブレスなどによって連携を分断されたガーゴイルが、瞬く間に個別に駆逐されていく。

特に、空を駆ける一角馬はガーゴイルに対して不利がなく、雷鳴の攻撃は、補助魔術によって一撃でガーゴイルを消し炭にして落として行った。

騒ぎが落ち着くと、イースティリア様は怪我をした旅人の応急処置と、荷馬車に手分けして乗せるよう指示して、竜車内に戻る。

「お疲れ様でした」

「大したことはしていない。次の街に着いたら、旅人の医療費と眠る場所を準備してくれ。私費で構わない」

「畏まりました」

そうして、普段と変わらないやり取りをした後、竜車は再び走り出した。

「魔物が強大になっている、という事実を体感すると、確かに異常と思えますね」

ウェグムンド本邸に着いたアレリラは、義父母への挨拶もそこそこに、イースティリア様と引き籠もって資料と睨めっこをしていた。

確認しているのは、ウェグムンド本邸に保管されていた、領地内の魔物の出現記録である。

十年前まで遡り、出現した種類や場所などを二人で手分けして書き出していっていた。

「五年前までは、さほどの変動はないな」

「出現頻度もさほど高くはないようです。記憶にある限りの他領の出現率と比べてみましたが、面積あたりの確率、領地の開発率を加味して比べても変動はありません」

「個体の変質と、出現率を比べたらどちらが早い？」

「おそらくは出現率ですね。幻獣と呼ばれていた魔法生物の目撃情報も、五年前の同時期から急増しています」

「……ヒーリングドラゴンの群生が確認されたのは、確か四年前だな」

ポツリとイースティリア様が呟いた言葉に、アレリラはチラリと目を上げた。

それは、大街道整備計画の責任者として名前が上がり、エティッチ・ロンダリィズ伯爵令嬢との交遊を通じて性格改善をお膳立てしたウルムン子爵が、生育に成功した薬草の名前である。

【生命の雫《エリクサー》】と呼ばれる特殊な薬の原料であり、ウルムン子爵は製法を発見すれば【復活の雫《フィロソラピドロ》】も生成できるのではと言っていた。

あらゆる怪我を癒す【生命の雫】と、あらゆる病を癒す【復活の雫】。

特に【復活の雫】の方は一説には『死という名の病』すら癒すとされている。

どちらも、本来であれば伝説上の存在だったが……原料となるエリュシータ草が実在のものと確認されて公式記録に残されたのは、百数十年前。

それからも非常に希少で、数年に一度くらいしか採取されなかったものだ。

「魔物の大量発生や被害の増大と、何らかの関係がある、と？」

「ヒーリングドラゴンの堆肥でしか育たない薬草。実在が確認されたにも関わらず、その後ほとんど発見されておらず、今の時期になってようやく人の手による生育に成功している」

イースティリア様は記録の中から必要な情報を纏める手を止めないまま、淡々と続ける。

「どちらも、〝光の騎士〟や〝桃色の髪と銀の瞳の乙女〟の出現……ひいては、魔王獣や魔人王の出現記録と関連している」

それは伝説ではなく、一種の災厄の話だった。

ある特定の周期で出現する、人や魔獣が変質した強大な存在。

魔王獣や魔人王は、通常の魔物とは一線を画する力や知性を備えており、魔物を従える力を持ち、人類に幾度となく敵対して来た。

そうした存在に対抗するように、人類側にも並外れた存在が出現するのだ。

それが〝光の騎士〟と〝桃色の髪と銀の瞳の乙女〟である。

現在、南にあるライオネル王国に実物が保管されている聖剣を操ることが出来る騎士と、聖女と呼ばれる存在の上位に当たるとてつもない浄化能力を持つ少女は、歴史上幾度も現れ、災厄撃退の要となっているのだ。

現在、どちらもライオネル王国で存在が確認され、聖教会が認定している。

各国の王族は、そうした英雄を始祖としている血統も多く、バルザム帝国やライオネル王国も例外ではなかった。

余談だが、南西にある大島を支配するアトランテ王国は、魔獣使いが建国しており……流言飛語の類いだが、始祖が実は魔人王だったのではないか、とも言われている。

「雫の話は、騎士と乙女が魔王獣や魔人王と敵対する英雄譚の時期に合わせたように、登場しては消えている」

「それが、魔物の出現増加や強大化に関係した事象だと？」

「ヒーリングドラゴンがある程度以上群生しなければ、エリュシータ草があまり育たないという事情を加味すれば、その可能性は高い」

「まるで、何者かに仕組まれたような話ですね……」

災厄が巻き起こることによって、人類に利する薬草が育ち、それが対抗する騎士らの助けになる。

「世界の理など、知れば知るほど何者かが仕組んだように見えるものだ。魔導に関しても、技術に関しても。高名な者ほど、神の存在を強く信じている」

「……確かに、その通りですね」

「が、この話の本題はそこではない。これが魔人王や魔王獣出現の前兆であるとするなら、由々しき事態だという点だ」

イースティリア様が差し出した走り書きを受け取り、アレリラは眉をひそめた。

「……『竜道』付近では、今までガーゴイルの出現記録がない……」

「ああ。人里離れた場所で予測以上に魔物の数が増大しているのかもしれん。あるいは、強大化したことで行動範囲が広がったかだ。今までの警備体制では、対処し切れん可能性が出てきた」

「旅行を取りやめて、帝都に戻りますか？」

想像よりも遥かに事態が悪いのであれば、悠長なことをしている場合ではない。

そんなアレリラの提案に、イースティリア様が頷きかけたところで……コンコン、とドアがノックされた。

「何だ？」

「申し訳ありません。数日前に、イースティリア様宛に早馬にて書簡が届いております」

入って来たのはウェグムンド侯爵家の家令、オルムロだった。

一足先にタウンハウスから領地に赴いていた彼は、生真面目な顔でイースティリア様に手紙を差し出し、すぐに出て行く。

それを受け取って目を走らせたイースティリア様は、珍しく深く息を吐かれた。

「旅行は、予定通りに続行する」

さらにこちらに回って来た手紙に目を落とすと、署名には、サガルドゥ・タイアと記されていた。

そして短い本文には。

『ランガン子爵家と通じよ。薔薇園の君には棘があり、種子には毒がある。薬は鋼となり、朱に交われば赤くなる。我が領にて、災厄の全ては通ずるだろう』

と、まるで暗号のような文言が記されていた。

「……お祖父様は、一体、何を？」

アレリラに確実に分かるのは、二点。

ランガン子爵家……アーハやエティッチ様のご友人であるクットニ様のご実家が、王族の傍系であること。

ランガン夫人が、先代帝王陛下の王姪である『薔薇園の君』……すなわち、現ライオネル王国オルブラン侯爵夫人である女性と、仲が良いこと。

それだけである。

他は全て推測になる。

――――オルブラン夫人に棘があり、おそらくは子どもに毒がある、と伝えたいのでしょうか。

しかしその内容が示す『棘』や『毒』が、何なのかが分からない。

そして最後の、災厄の全ては通ずるだろうという話。

「一体、あの方は何を見越しておられるのですか？」

「災厄は、精神操作の魔薬事件、私の暗殺計画、今回の魔物の強大化を指しているのだろう。警備計画を見直させた理由は魔物の強大化に際して、君の身の安全を保護する為だ。先ほどの状況は、当初の警備数では対処に時間が掛かっただろう」

「……直接的に、魔物の話を口になさらなかったのは？」

「タイア子爵がそれを警戒している、と、万が一にも知られたくない相手が居たのかもしれんな」

イースティリア様は、お祖父様の話題になると、どこか物言いたげな目になる。

その理由を考えながら、アレリラは話を進めた。

「棘や毒が、何を意味するのか。お分かりになりますか？」

「知っている。ランガン子爵家とオルブラン夫人は、帝王陛下と懇意になさっている」

その言葉の裏の意味には、流石に気づいた。

血統なのだから、懇意であるのは当然だ。

即ち、今のは『特別に懇意である』という意味になる。


――帝室の〝影〟なのですね。


オルブラン夫人は他国の情報を得るための間者であり、ランガン子爵家を通じてそれを受け取っているのだ。

「棘の意味は理解いたしました。毒、は？」

「帝国内で起こっていた精神操作の魔薬の情報リークは、ライオネル王国から、オルブラン侯爵令息を通じて帝室にもたらされたものだ。私が、情報の対価を支払う際の交渉に当たった」

――あの事件の関係者であり、危険な人物だから『毒』ですか。

「だから、旅行を続けると」

「ああ。旅行の最後に薔薇園に向かい、ハビィ・オルブラン夫人と直接面会する。それが必要だと、タイア子爵は述べている。おそらく、ライオネル王国との交渉の窓口が開かれているのだろう」

「交渉とは？」

「……まだ公表はされていないが、あの国は〝光の騎士〟の聖剣を複製し、腕のある騎士ならば操れるものとすることに、成功している」

その言葉を聞いて、アレリラの頭の中でも全てが繋がった。

――ウルムン子爵の作った【生命の雫】を向こうに提供し、代わりに聖剣の複製を得よ、と。

薬は鋼に。

「では『朱に交われば赤くなる』とは」

「王国に聖剣を複製する為の素材を提供し共同で開発したのは、ロンダリィズ伯爵家の嫡男、スロード氏だ。彼は国際魔導研究機構において、鉱物研究の第一人者として知られている。侯爵令息と交わるのは危険だが、同時に魔物の件において有用なのだろう」

全てが繋がる、というのは、そういう意味だったようだ。

スロード氏とランガン子爵家、オルブラン夫人の三名を通じて薬を渡し、代わりに量産された聖剣を得ることが、今後出現すると予測される魔王獣や魔人王への備えになると。


——お祖父様は、本当に、何者……。


と、そこまで考えたところで、アレリラは唐突に理解した。

答えは、ずっとそこにあったのだ。


あまりにも優れた先見の明。

母から聞いた祖父の話。

繋がらない血筋。

過剰なまでに身の回りに気をつける行動。

帝国の未来を見据えているような、その全てが。


——サガルドゥ。

『名』によって、繋がる。

帝国内ではそれなりに聞く名前であり、知り合いにも数人、同名の貴族がいる。

けれど、偶然の一致というには遥かに、行動と出自が一致する人物が、いる。

高潔にして聡明と名高かった、帝王陛下の王兄の名は。

「アル？　どうした？」

「イース、様。……お祖父様、は……」

声が震える。

あまりにも畏れ多く、その先を口にするのは憚られたけれど。

イースティリア様は、こちらの様子から言いたいことを察してくれた。

「気づいたのか？　自分で？」

「……おそ、らくは」

そう告げると、彼がどこか複雑そうな、しかし安堵したような目をして、頷いた。

「君の想像通りだ。答えを口にすることは私には出来ないが、君や君の家族は、君が思う以上に、身辺に気をつけなければならない立ち位置にいる」

——ああ。

思わず、両手で口を押さえた。

そうしなければ、声が漏れてしまいそうだったからだ。

あの、茶目っ気のある祖父はサガルドゥ・バルザム王兄殿下なのだ。

「イースティリア様が、わたくしに、婚姻を申し込んだ、のも……？」

「!?」

そうアレリラが口にすると、イースティリア様は予想外の言葉を聞いたように目を僅かに見開いた後。

「いや、違う。私がその話を知ったのは、旅行に出立する数週間前に、暗殺計画の存在を知らされた時のことだ」

何故か少し焦ったように彼は立ち上がり、テーブルを回り込んでアレリラの手を取る。

「アルを愛していることに、嘘はない。身分など関係なく、君を愛している」

そう言われて、アレリラは少しホッとした。

何故かは分からないけれど、衝撃が少し薄らいだ気がした。

第九章　祖父に、ようやく面会します。

「……これは、どういう状況なのでしょう……」

ウェグムンド領を抜けて、大街道を北上し始めて数日。

そろそろタイア領に差し掛かろうかというタイミングで見かけたものに、アレリラは戸惑いを覚えていた。

大街道整備計画には、下地がある。

何もないところに道を敷くのではなく、それまで人々がロンダリィズ領と帝都を行き来していた道を土台にして考えられたものだ。

効率的でない場所を短縮して繋いだり、狭い道を大きく広げる、橋をかけ直すなど、道そのものに関する整備の他にも。

途中の領にある既存の交易街に泊まりやすい工夫、あるいは、長時間外で過ごす危険がある位置に新たに避難小屋や宿泊地を設ける措置、なども併せて行う為の下見だったのだが……。

「作っているのは、ほぼ間違いなくタイア子爵だろうな」

イースティリア様は、事もなげに答える。

赴く先がロンダリィズ領とタイア領に分かれる道の手前に、小さな集落が出来ていたのだ。

決して、農耕に向く土地ではないにも関わらず、その集落はきちんと整備されており、小さいながら畑と石造りの水路を備えていた。

設置されている魔導具などを見ても、まず間違いなくペフェルティ領の上下水道などと同様の技術が使われている。

しかも、大量の木材や石材が山から切り出されて積まれていたり、集落の規模に不似合いな建物を建てていたりなど、明らかに計画性のある整備が行われているのである。

そこにいる住民に話を聞いたところ、誰が金を出しているのかは分からず、ただ『指示された通りに作れ』と言われているらしい。

『ワシらぁ、魔獣に襲われて村を追んだされてなぁ。困っとったトコに声掛けられたんじゃぁ。食いモンも住む家もくれっし、エラい強いおっさんが見回りに来てくれっし、ありがてぇんよ』

と、語ってくれた男性に礼を述べて、アレリラたちは先に進んだ。

「位置的にも、我々が整備計画の為に手をつけようとしていた位置だ」

「何らかの法に抵触しませんか」

「ないな。この辺りは開拓地に指定されている。開拓後の所有権を、どこかの領主が主張するのなら申請が必要だが……」

「現状では特に問題がない、と」

「集落の様子から見て、住み始めて二年は経っている。数台の馬車とすれ違ったのは、建材を運んでいるのだろうな。整理された区画や道の様子から見て、あそこを宿泊地にしようとしているのは間違いない」

「……権利も主張せず、ですか」

「タイア子爵であれば、欲がなくともおかしくはない」

「ですが、資金は？」

タイア子爵領が、それほどの資金を提供できるとは思えない。

収入が増えているのなら、隠し資産でもない限り税収の段階で気づく。

「帝王陛下が関わっている可能性は低いが、ロンダリィズ伯爵家と共同で行っている可能性は高いだろう」

「目的が分かりません。整備計画が始まれば我々が助かるのは間違いありませんが、あの位置の開発は、領地にとって得がないかと。将来的な利益を見越すとしても、持ち出しが多い点が引っかかります」

村や街を一つ作る、というのは、それほど簡単なことではない。

まして山が近いわけでもない場所であり、利便性が高いからといって元となる資材を運ぶのが容易い地域でもなかった。

住む人々の当面の食料確保もそうだし、あらゆる面でネックになるのは、やはり資金だろう。

インフラ整備は、資金元が儲からない上に、先行投資としてもリスクがある。

その為に、国の事業として行うのだ。

イースティリア様は、トン、と膝を指先で叩いて、考えを口にする。

「実益を兼ねた実験、という可能性もある」

「何を試しているのでしょう？」

「軽く見て回っただけだが……私は、村作りそのものよりも、人の配置が気にかかった」

「人……？」

その点を注視していなかったアレリラは、小さく首を傾げる。

「どのような面でしょう？」

「気づかなかったか？　あの集落の者たちは、おそらく皆、文字を読める」

「文字を？」

言われてみれば、確かに。

道のそこかしこには看板が立っていて、それは文字が読めなければ意味がないものだ。

帝国だけでなく他の国もそうだろうけれど、田舎の識字率というのはさほど高くない。

貴族ならば習って当然の読み書き計算を、庶民は無縁のものと考えることが多く、それらが出来る者は識者扱いだ。

帝国は施策として識字率の向上に努めているが、手が回らない面や、難色を示す者のせいで進捗が芳しくない地域もあるのだ。

「それでも北西部は、それなりに浸透しているのでは？」

「国家間横断鉄道があるような大きな街ではそうだが、ここはまだロンダリィズ領にも達していない地域だ」

「だから、実験だと？」

言いながら、アレリラは確かにありそうな気がして頷きかけ。

――――商人とやり取りをしていた女性は、おそらく読み書きだけでなく、計算も……。

と考えて、ぴたりと動きを止める。

「女性も……？」

「気づいたか？」

問われて、アレリラはイースティリア様の顔に目を向ける。

「男性ですら、まだそれらを習っていない人が多いだろう地域で……」

「ああ。帝国の事務官ですら、君を含めてほんの数人程度の採用率だ。貴族女性で、数字を相手にしている者は少ない」


――――なんて、先進的な。


そんな言葉が、頭を過ぎる。

「『百年先の帝国を見よ』……と、かつて口にした者を、陛下はご存知だそうだ」

持って回った物の言い方だが、この状況で、イースティリア様がそのような物言いで指し示す相手は、一人しかいない。

「百年先の帝国がどうなるのか、その為に何が必要か、実験をしているということですか？」

「可能性はあるだろうな。この先を見れば、それはより顕著になるだろう」

イースティリア様は、窓の外に目を向ける。

つられて逆の窓から外を見て、アレリラは今度こそ絶句した。

タイア領の入り口と思しき辺りに関所が見える。

その向こうに、土ではなく、馬車が走るための木板ですらなく。

まるで帝都の大通りのような、石畳とレンガで出来た広い道が敷かれているのが見えたからだ。

「……ありえません」

アレリラがこの地に訪れていた頃には、まだそんなものは敷かれていなかったはずだ。

大街道計画ですら、おそらくは街の近くにしか敷かないであろう石の道を、領の入り口から敷いているなど、どう考えてもおかしい。

「目の前にあることが現実だな。むしろ光栄に思うべきだろう」

「何をでしょう？」

イースティリア様は、関所の前で止まった馬車の中で。

隻腕の老人がのそりと姿を見せるのを眺めながら、どこか嬉しそうに微笑みを浮かべた。

「百年先の帝国の在りようを見せる相手として、我々が招かれたことを、だ」

タイア子爵領は、ロンダリィズ伯爵家のタウンハウスに訪れた時か、それ以上に胸が躍る場所に変わっていた。

領の大きさそのものは、実家のダエラール子爵領よりも狭い。

しかし隻腕の門番に通行を許された後に走り始めた石畳は美しく、また機能性を兼ね備えている。

水捌けが良く、振動も少ないのだ。

また道の両脇に街灯が等間隔で立てられており、おそらく夜になればそれらが光って明るく辺りを照らすようになっているのだろう。

以前の記憶では木々が道の両脇に茂っていたが、それらは伐採されて低木に植え替えられている。

視野が広く、また見慣れぬものも等間隔で立っていた。

兵士のような姿をした人形で、両目の部分に宝玉のようなものが埋められている。

「街灯は、魔導光でしょうか」

「おそらくな」

「魔力の供給が、一人では賄い切れないのでは」

基本的に、魔導具というのは魔力を注ぐことで起動する。

火を起こす魔導具や、飲料水が湧く魔導具などは多少普及し始めているが、夜間、街中の光源となる魔導具などは、まだまだ多くの魔導士を雇える地域でしか主流となっていない。

「国家間横断鉄道の魔導機関技術の応用、だとは思うがな……」

「魔石から魔力を取り出す装置が、それぞれの街灯に備えられていると？　あれ程に小型化しているということですか？」

　魔石の魔力は無限ではない。

　定期的な交換を必要とし、魔力を取り出す為の装置も、現在は馬車のように巨大なものだ、という記述を目にした覚えがある。

「あるいはどこかに設置した巨大装置から、遠く離れた場所まで魔力を供給しているかだな。街灯同士の間を、何かの線が結んでいるようだ」

　イースティリア様の言葉で改めて目を向けると、確かに光源となるだろう部分同士を繋ぐように、細い線が風に靡いていた。

「導線、という名称だったと思うが……魔力を流すことの出来る素材で出来ているものがある」

「……なるほど。では、あの人形は何だと思われますか？」

　街灯の間にいる人形も、謎の彫像である。

同じ造形で兵士のように見えることから、偉人像ではない。

「ゴーレム、ではないかと推測しているが」

「術士もいない状態で、あれが動くと？」

ゴーレムは、土の魔術に優れた魔導士が操る土や石の人形である。

土木工事に有用なので使用されているのは度々見かけるが、意志を持たない為、一部の魔導士だけが使えるもののはずである。

「百年先の帝国では、主流となるのかも知れん。実際に、量産する為の手法そのものは魔法生物同様に研究されている。……そうだな、最先端の魔石技術を応用すれば……」

イースティリア様が思索に沈み始めたので、アレリラは質問を打ち切った。

――最先端の技術、先進的な教育、それらを支える、莫大な資金……。

どれもこれも、元・王太子とはいえ、一子爵に過ぎない人物が用意出来るとは到底思えない。

しかもそれらによる建造物が、噂にすらなっていないのは、祖父が人との付き合いを極力減らしていることも理由なのだろう。

交易路から外れた小領に用もなくわざわざ立ち寄る物好きな貴族はいないし、このような場所に流れてくる行商人は貴族との付き合いが薄いだろうからだ。

道を敷く労働力は……アレリラには考え付きもしないが……ゴーレムをなんらかの方法で操ることによって賄うとしても、である。

そうして子爵家のある村が近づいてくると、その景色はまるで、帝都の裕福な地域のようだった。

整備された道と、美しく頑丈そうな家。

石作りの外壁は装飾に彩られており、それらが畑などとは少々アンバランスに見えるものの、そう、おとぎ話の『妖精の村』のような優雅さを感じさせた。

——祖父を、質問攻めにしてしまいそうです。

頭がクラクラしそうなほど魅力的な、帝国中を移動する手段も含めて、見たこともないような数々の技術と、それらを活用する方法を思いつく頭脳と、錬金術のような資金作り。

紛れもない傑物の目には何が見えているのか、その全てを聞いて、学びたい。

アレリラは、幼少時に祖父との交流が途絶えてしまっていたことを、心の底から悔いていた。

「ウェグムンド侯爵ご夫妻。わざわざこのような地までご足労いただき、ありがとうございます」

そこだけは、あまり外観の変わっていないタイア本邸の中に案内され、人払いをした応接間でにこやかに出迎えてくれた祖父は、優雅に頭を下げた。

「そしてご成婚、おめでとうございます。祝儀の席にも参加せぬ無礼を行いましたこと、誠心誠意謝罪いたします」

言葉遣いこそ、目上を敬う丁寧なもの。

だけれど、その笑みはからかうような気配に溢れており、恭しく頭を下げた後に、祖父はパチリと片目を閉じた。

サガルドゥ・タイア子爵は、記憶の中よりも年老いてなお、活力に溢れていた。

相変わらず浅黒い肌を貴族らしからぬ日焼けで染め、皺がさらに深くなった顔はそれでも気品を漂わせていて、服装も田舎臭さや野暮ったさを感じさせない。

シャツにベスト、スラックスだけという質素な服装だが、今をもってなお引き締まった肉体をしていて姿勢が良い為、非常に似合っている。

撫で付けた髪は真っ白だが豊かで……瞳の色は、王族の紅玉だった。

そんな瞳を晒して歩いていたら『どこの誰であるか』など一発で看破されてしまうだろう。

王族の血に連なる者のみが備える瞳の色であることを、貴族ならば誰でも知っている。

記憶の中の祖父は、そんな色の瞳をしていない。

だから、気づかなかったのだ。

しかしそうと知って見れば、体格こそ違えど、祖父は帝王陛下によく似た顔立ちをしていた。

イースティリア様は、瞳を晒す祖父の態度に何を思ったのか、逆に頭を下げる。

「サガルドゥ殿下におかれましては、ご壮健そうなご様子で喜ばしく思っております」

「我自身は、もう、いつこの世を去ってもおかしくないと思っておりますが。……おや、アレリラも驚かないのだね？　せっかくサプライズをしたというのに」

ツンツン、と目を指差して笑みを浮かべる祖父に、どう対応していいか分からず、小さく頭を下げる。

関わったのが幼い頃だけで、話し方一つ取っても、王兄殿下として扱えばいいのか、祖父として接すれば良いのか迷う程度の関係性なのである。

――お仕事の話になれば、また別なのですが。


するると、少し悲しそうな顔をした後、アレリラの内心を悟ったのか、祖父は肩をすくめた。

「畏まらなくていいんだけどね。今はただの子爵で、君たちの方が地位は高いんだし」

「ご謙遜を。この街並みを見て、お祖父様の功績を理解出来ない者に、イースティリア様の側近は務まりません」

祖父にそう告げると、パッと顔を輝かせる。

「アレリラ、分かるのかい？」

「理解は追いついておりませんが。そうした話を聞かせていただければと考えております」

「そうか、そうか」

幾度か頷いた祖父は、パチンと指を鳴らした。

すると瞳の色が褐色に近い茶色に変化して、家令が音もなくドアを開ける。

「では、とりあえず部屋に案内させよう。準備を整えて、夕食としようじゃないか。聞きたいことがあれば、いくらでも聞くといい」

「資金調達か。君はやはり、見た目の美しさなどより、そういう話の方が気になるのだね」

祖父は、アレリラの問いかけに、肉を切り分けながらおかしそうに笑った。

「性分ですので」

「が、大方の予想はついているのではないのかな?」

ニコニコとフォークを口に運んだ彼は、試すように……そして楽しそうに、問いを返してくる。

アレリラは、イースティリア様の推測をそのまま口にした。

「おそらくは、ロンダリィズ領と提携なさっているのでは、と考えておりますが」

「正解だよ」

「ですが、ロンダリィズ伯爵は、タダで融資をなさるような方ではないですよね」

「もちろん、条件は色々ある。が、我々の関係は融資というよりは投資だね。我はアイデアを提供し、実現する為の資金を貰う。そして上手くいけば、その権利を譲る……そのような関係だ」


――――危険、ですね。


アレリラは、祖父の開発したであろう数々の装置を思い出しながら、そう思った。

元々、ロンダリィズ伯爵は力を持ち過ぎている。

夫人の出自もそうだし、鉄道にしてもそうだ。

凄まじいまでの資産は、帝国そのものを脅かしかねない。

その背景に、祖父の作り出したものがどれほど寄与しているのかは不明だが、今以上に勢いがつけば、その資金力を目当てに帝国王室と派閥が二分されるのでは、という危惧があった。

祖父は、その心情を読み取ったのか、軽く肩をすくめる。

「ロンダリィズ伯爵は、権力に興味はない人物だよ。けれど……そうだね、君には、拘らないことを覚えるように、進言しようかな」

「拘らない……？」

「貴族制に拘らなければ、見えるものがある」

その発言に、思わず眉根を寄せた。

「……言葉にお気をつけを。お祖父様のお立場でその発言は、反逆の言質と取られてもおかしくはありません」

貴族制に拘るな、というのは、翻れば『王によらぬ統治を許容する』と取れる。

実際に具体的な行動を起こすつもりがなくとも、場が場なら不敬に当たる行為である。

すると祖父は、おかしそうに笑った。

「ウェグムンド侯爵は、どう思われる？」

「……言わんとすることは、おそらく理解しているかと」

イースティリア様の返答に、アレリラはジッと彼の顔を見つめてしまった。

「決して、陛下の統治を蔑ろにする、という意味ではない。サガルドゥ殿下が仰っているのは、これより先の時流の話だ」

　この場にいる使用人たちは、皆、祖父の出自を理解していると聞いたからか、イースティリア様は殿下として扱うことにしたようだ。

『広めている訳ではないが、バレたら困るというほど特に隠している訳でもない』と祖父が言うので、近衛の二人だけはこの場に同席させている。

　祖父も、それを咎めなかった。

　しかしそんな二人の発言の内容は、アレリラには理解出来ない。

「よく、意味が分からないのですが」

「民の暮らしが彼ら自身の手の中に収まる時代の到来は、すぐそこまで迫っているのだよ」

　祖父は、それが自明のことであるかのように、静かに語り始めた。

「貴族の多くが、働き始めている。金を直接動かし、自らの手を使って資産を増やして領地を治めて行くことを迫られているだろう？　まるで、商人のようにね。……アレリラ、それは民が貴族の為に働くのではなく、貴族が、人の上に立つ者が、民の為に働くことが求められ始めている、ということなんだ」

　民が求めるより良い生活の為に、やがて立場が入れ替わるだろう、と祖父は言い足す。

　領地を持たず、資産を増やす貴族が力を持ち始めているように。

「金の流れ、というものが、形を変え始めている。この領地で作られている道や建物、その他の開発はね、民の暮らしがより良くなった際の、モデルケースを作っているんだ」

道が良くなり、暮らしぶりが良くなり、住む場所が、服の質が、食料事情が良くなれば、人はどうなるか。

「やがて人は、教育を求め始めるだろう。直接手を動かす仕事よりも、知性を活用する仕事が、趣味をする為の余暇が生まれ……やがて民衆を含めた皆が、今、貴族と呼ばれる者と同等以上の生活が出来る世界が、来るのだ」

アレリラは考えてみたけれど……それは、想像もつかない世界だ。

「よく、分かりません。イース様は、理解出来ますか？」

「おそらく、サガルドゥ殿下ほど明確に見えている訳ではないが」

イースティリア様が頷く。

「変えられぬ流れ、のようなものは、薄々理解している。我々がその中で為すべきことが、革命を起こさせず、緩やかに移行していくことだろう、というのもな」

「革命……」

「貴族制は、魔術の存在によって成った。強大な魔力を持ち、魔術を操ることが貴族を支えていたが……今や、魔導具の存在がある。それらは、やがて大衆により広く使われるようになるだろう。国家間横断鉄道のように」

人に依存しない、誰でも使える魔術の存在が広まれば、貴族が依って立つものがなくなるのだと。

「では、革命を起こさせない為に何をすべきか、と言えば、『良い為政者であり続けること』が重要になる」

だからこそ、イースティリア様は法を改正し、民にチャンスを与え、生活がより良くなるように、行政を、法を提案していっているのだと。

「……初めてお聞きしました」

「誰かに言って、すぐに受け入れられるものではないだろうからな。このようなことを話したのは、帝王陛下と王太子殿下くらいのものだ。それに理解を示されるお二人だからこそ、私は彼らを支えている」

国のトップに立つ二人が、一番それを危惧し、心を砕いているからだと。

「国が崩れれば、人が困窮する。血みどろの争いが起こる。そうしたことを一番許さぬ気概を持っているのが、帝王陛下なのだ」

「そうだね。セダックは、本当に良い男に育ったよ」

祖父がどこか申し訳なさそうなのは、重責を押し付けたという負い目があるからだろうか。

「サガルドゥ殿下の存在あればこそ、と、陛下は思っていそうですが」

「そうかい？　なら、嬉しいけれどね」

祖父は謙遜することもなく笑みを戻し、アレリラを見る。

「帝国全体で急な動きをすれば、どれほど将来を見据えてのことだろうと、民は反発するだろう。だからこその、この領地だ」

「……女性に教育を施しているのも、同様の意味合いでしょうか？」

イースティリア様の問いに、祖父はうなずいた。

「そうだね。そこに関しては、ちょっと驚いた。セダックが、その法案を通した時にね。……多分、覚えてたんだろうなぁ……あの子は本当に、リシャーナ妃が好きだからね……」

「過去に起こったという、王位継承権を放棄した事件の話ですか」

「ああ、それも知っていたのか。そうだね。その時に、女性の権利について語ったからね」

アレリラの知らない話だったが、イースティリア様があまり詳細を聞かせたくなさそうな様子だったので、口は挟まない。

「でも、女性や民の『権利』という部分に関して一番進んでいるのは、帝国よりも北の国だよ」

「そうなのですか?」

あの国の話は、戦争や国家間横断鉄道の話が先行していて、詳細な資料が少ない。

「お祖父様は、かの国について何かご存知なのですか?」

「よく出かけているからね」

「……ペフェルティ領や、ダエラール領にお出かけになった移動手段が、北の国に対しても使えるのですね」

「おや」

そこで初めて、祖父は予想外の発言を聞いたように目を丸くした。

「参ったな。それもバレてるのかい?」

「お母様にお話を伺ったところ、イース様がお祖父様の動きの違和感に、お気づきになられました」

「それは、少し困ったね……」

「何か不味い事情が？」

「いや、そういう訳ではないのだけど。それに関しては、王族しか使えない制約があってね」

「声を届けるのと同様の？」

「もう少し、理由が複雑だ。帝宮の図書館に保管されていた古文書と、スロード・ロンダリィズ君が所持していた古文書を合わせて、過去に使われていたという転移装置を発掘した。それがどうやら、バルザム直系にしか使えない代物でね」

使用法こそ分かっているものの、転移出来る場所も限られており、技術的にも、まだまだ解明されていると言えるものではないらしい。

「あれが戦中に使えていれば、あの事件も起こらなかったんだけどね……それも聞いてる？」

「ええ。賊が屋敷を襲い、今はタイア領の門番をしている男性が、タリアーナ夫人を救ったと」

「そう、あれも、我が原因なんだよ」

食事を終えた祖父は、ワイングラスを軽く傾けて眉をハの字に曲げる。

「それが、ちょっと負い目でね。屋敷を襲ったのは、テナルファス・ハルブルト。そして救ってくれたのが、今は門番をしてくれている、チーゼ・イントアなんだ」

名を聞いてもアレリラには誰か分からなかったけれど、イースティリア様が微かに眉根を寄せる。

「それは」

「うん。……我が昔起こした事件の折りに、更迭した二人、だよ」

サガルドゥは、北の国との終戦の兆しが見えた段階で、その報を聞いた。

――『バルザム帝国軍の一部が離反した』と。

当初、その部隊が配置されていたのは戦況が劣勢だった地域でもなく、どちらかといえば最前線からは少し外れた位置にある砦だった。

戦闘ではなく警備のために最前線に向かっていた内の二部隊が、行方をくらませたというのだ。

何故か嫌な予感がしたサガルドゥは、その部隊の名簿を総大将に見せて貰い、息を呑んだ。

チーゼと、テナルファス。

その二人は、かつてソレアナを犯し、第二王子シルギオの断罪劇の際に共に処罰されて奴隷騎士に落ちた二人だったのだ。

過酷な訓練を課される中、生き延びていた二人が行方をくらませたのは、タイア領の近くだった。

――――まさか。


サガルドゥは、残りの終戦処理を人に任せてタイア領に急いで帰還した。

そこで再会したのが、片腕を失ったチーゼだったのだ。

ソレアナが病死したという報に、悲しみに暮れる間もなく彼と面会した。

容貌こそ知っていたものとガラリと変わっていて、生死の境を彷徨ったからか痩せこけていたが、間違いなくそれは、かつてのイントア侯爵令息だった。

『何故』

と、サガルドゥは問いかけた。

屋敷の前で、彼が殺したというテナルファス同様に、サガルドゥとソレアナを恨みこそすれ、娘を守る理由などなかったはずの彼は、自嘲の笑みを浮かべた。

『殿下には、私のような愚か者の考えなど、分からなくてよろしいのですよ。どうぞ、打ち捨てて貰えませんか。軍に叛《そむ》いた以上、どちらにせよ斬首でしょう』

『……娘の命を救ってくれた者を、無下には出来ん』

過去の罪は、許し難いものではあろう。

しかしチーゼは、離反の罪を犯してまでテナルファスを追い、娘を救ってくれたのである。

もちろん腕を失って軍には戻れないので『タイア領で仕事の世話くらいはする』と申し出ると。

『では、領の関所番に』

と、彼は言った。

娘と会うのを固辞していた彼は、それでも出会った時には彼女の顔を食い入るように見てから、目を逸らした。

そしてその後は決して、自分から本邸には近づかなかった。

理由を知ったのは、彼の行動の理由を探るべく幾度か顔を合わせた時。

鬱陶しかったのか、理由を話したら訪ねない、という条件で、事情を聞き出した。

『ソレアナとの我が子かもしれぬ子を、殺すのを許容出来はしなかった』と。


身勝手な理由だ。

だが、チーゼは己の身勝手さを十分に承知していた。

無理やり犯した女性の子が、我が子かもしれぬという、ただそれだけの理由で守ろうとし。

そして守ったことも誇らず、会うことも拒否して。

『そなたは、ソレアナに惚れていたのか』

サガルドゥが尋ねると、チーゼは暗い笑みを浮かべた。

『殿下がそれを私に尋ねるのは、酷だとは思われませんか。それが私にとって、死よりも重い罰だとお分かりになった上で告げられたのなら……受け入れますがね』

そして彼は、テナルファスとのやり取りの内容を教えてくれた。

対峙したテナルファスに、チーゼは叫んだそうだ。

『己の胤かもしれぬ子を殺すなど、貴殿の矜持も地に落ちたものだな！』

『下賤の女が孕み、奴の育てた娘であろう。せっかく巡ってきた、我らを貶めた者への報復の機会ぞ！　お前こそ、協力しろ！』

『させぬ！』

『もう貴族でもないのに、何を義理立てしている？　……まさか、あの下賤の女に貴様、本気で惚れていたか？　ハッ、無様なことよな！』

『惚れていたのは、貴様もだろう！　己のものに出来ぬ女を、我慢も出来ず欲のままに弄んだのだ！　貴様の境遇も、私の境遇も、全て自業自得のもの！　俺もお前も、同様に愚物なのだ！』

そうして、片腕を切り飛ばされながらチーゼは、テナルファスの首を刎ねたのだと。

『起こったことは、これが全てです。お引き取り下さい。そして二度と、用もなく来られませぬよう。心配せずとも、自死などいたしませぬので』

サガルドゥには、チーゼの気持ちを完全に理解はできない。

理解することはできないが、人の気持ちはままならぬもので、時に明らかな間違いを、愚かな振る舞いをしてしまうことを、サガルドゥ自身も知っていた。

大切に思っている娘、タリアーナが男性に恐怖を抱いていることを知って、どう振る舞うべきか分からず、避けているのも。

タリアーナが成長するにつれて、ソレアナに似てきたことで、顔を見るのが苦しくなってしまっていることも。

サガルドゥのままならない気持ちであり。

はたから見れば、己の振る舞いもまた、愚かと呼ばれる振る舞いであろうことは想像に難くないからだ。


そこまで、ソレアナに対するチーゼの罪の『内容』だけは伏せて語り終えたサガルドゥは、アレリラとイースティリアに向かってクルリと目を回した。

「昔君に言ったね、アレリラ。人の気持ちよりも自分の気持ちがままならない、と」

「はい、お伺いいたしました」

「そんな人の愚かさを、今の君は理解出来るかい？」

尋ねると、アレリラは少し考える素振りを見せた後、チラリとイースティリアに目を向けてから頷いた。

「……はい。なんとなくは」

「なら、良かった」

そうして、その後はさりげなく話を変え、タイア領やロンダリィズ領で使われている技術に関する方向に進めていった。

アレリラが、そうした話には生き生きとした色を目に浮かべるので、サガルドゥとしても楽しい時間だった。

全員が食事を終え、アレリラが入浴の為に退出すると。

「ウェグムンド侯爵。何か、彼女のいないところで聞きたいことがありそうだね？」

「そうですね。……暗殺計画は、アルの身を魔物から守るための方便ですか」

アレリラ同様あまり表情が浮かばないこの男は、なるほど、弟セダックが期待するだけあって、とてつもなく聡明だ。


――けれど、内心を隠すのは、まだ我々ほど上手くはないようだね。


暗殺計画の話は本題ではない、と踏んだが、サガルドゥは、しれっとその話に乗った。

「護衛を増やしたかったのは事実だけれど、君の暗殺計画そのものは、あるよ」

ハッキリ告げてやると、スッとイースティリアの瞳の温度が下がる。

良い迫力だ。

「主犯は？」

「君の目の前にいるよ」

ニヤッと笑ってサガルドゥが自分を指さすと、イースティリアは目を瞬いた。

狸ジジイの真意を、摑みかねているのかもしれない。

しかしここでからかい続ける気はないので、サガルドゥはすぐにタネを明かしてやる。

「暗殺計画は常にあるとも。計画だけはね。ダエラール子爵の時も、今も。可愛い娘や孫娘を攫って行く男は、いつだって我の暗殺対象だよ」

はっはっは、と笑うと、イースティリアは呆れたように緊張を解いた。

「そういうところは、陛下にそっくりなようで。ウェグムンド侯爵家に手紙を出したのも、この地に赴かせる為、ですね」

「うん。アレリラにも久しぶりに会いたかったし……何より、君と話してみたかったのさ」

サガルドゥは、パチリと片目を閉じる。

「それより、今はもっと聞きたいことがあるだろう？　アレリラのことで」

そう切り返してやると、イースティリアは微かに渋面になった。

「自分でも、少々信じ難いことに。……目を輝かせている妻の顔を見て、殿下に対する嫉妬が芽生えています。最近、そういう気持ちになることが多いので、戸惑います」

「素直だなぁ。いいね、そういうところは好感が持てる。ああ、女に惚れた男なんてそう大差はないから、気にしなくていいと思うよ」

言いながら立ち上がったサガルドゥが、家令に手振りすると、彼は丸めた用紙を持ってきた。

それをそのまま、イースティリアに手渡す。

「素直さに免じて、アレリラの笑顔を独り占めする栄誉を君に与えよう」

「……これは？」

「『魔法の地図』さ。これを、アレリラに権利ごとあげよう」

中身は、見れば分かる。

解いて中身に目を通したイースティリアが、驚きを瞳に浮かべるのを見ながら、サガルドゥはぽん、と肩を叩いた。

「きっと、満面の笑みが見れるはずだ。二人きりの時に渡してあげると良い。君からの贈り物なら、アレリラは何でも喜ぶだろうけれど」

昔とまるで変わっていない孫娘の気質を思い出しながら、言葉を重ねる。

「――――彼女は、こういう贈り物が一番好きだからね」


「イースティリア様は、どちらに？」

寝衣をきちんと身につけ、長いショールで上半身を覆ったアレリラは、祖父が待っているという遊戯室を訪れて尋ねる。

「彼も寝支度を整えているよ」

「お祖父様は？」

「我は君を待っていたとも。座らないか？」

そう対面の席を勧める祖父の前には、チェス盤が置かれていた。

「久しぶりに一つ、どうだろう？」

「ご一緒させていただきます」

小さな頃はコテンパンに負かされたけれど、今ならどうなのだろう。

祖父は、相手が誰でも手を抜かない人だった。

手は抜いていたのかもしれないが、わざと負けるような真似はしない人だった、という方が正しいだろうか。

「ここでの滞在の後は、ロンダリィズ伯爵領に向かうんだろう？」

「その予定です。元々の予定通りではありますが、お祖父様の手紙通りに、スロード氏に会いに行く予定です」

駒を交互に動かしながら、アレリラは告げる。

「ああ、良いね。……そうしたら、君にはもう一つ、良い情報をあげようかな」

「良い情報、ですか？」

コン、と駒を打った後に顔を見ると、祖父は笑みを浮かべたまま小さく頷いた。

「アザーリエ・レイフ公爵夫人が、数日中に実家に帰って来るらしい、と聞いている。可能なら、彼女にも会うことをお勧めするよ」

その言葉に、アレリラは考えた。

何故か、と理由を問うのは簡単だけれど、時間があるこの状況なら、少し自分で理由を探るくらいのことはしておきたい。

アザーリエ・レイフ公爵夫人は、ロンダリィズ伯爵の長女だ。

昔、男性に囲まれているのを、ボンボリーノと共に見かけたくらいだけれど。

彼女に関しては、悪い噂しか聞かない。

王太子殿下と王太子妃殿下を誑かし、幾多の男性を虜にする色香を纏う女性。

夜会の場をかき乱し、一つ上世代の女性からは、蛇蝎《だかつ》の如く忌み嫌われていたようだ。

――――そして、北の国に嫁いだ。

大街道計画の発端は、ウィルダリア王太子妃が彼女に会うのを楽にする為だ、という話もある。

もちろん、それだけで巨額の資金は動かないので、実際に多くの人に利益があるから、実行されるのだけれど。

確か、向こうの終戦の英雄である、北の公爵の元に嫁いだはずだ。

口さがない噂で『隣国への人質として、あるいは終戦の対価として献上されたのだ』という話も、耳にした記憶がある。

直接の関わりがない、アレリラにとっては謎に包まれた女性なのだけれど。

「……もしかして、北の国の内情に、何か関わりがある話でしょうか」

「うん、君は幼い頃から思っていたけれど、やはり聡明だね。そのまま魅力的な女性に育ってくれて、何よりだよ」

笑いながら祖父の打った駒を見て、アレリラは固まった。


——これは。


不意の位置から現れた駒は、こちらの狙いをただ一手で封じるもの。

気負いも思索もなく、祖父はそれをノータイムで打った。

「さ、考えなさい。その間に少し話をしよう。北の国では、急速な意識改革が行われている。庶民の働きに対して『休暇』だけでなく『労働時間』という概念が生まれているそうだ」

「労働時間……」

「うん。君は、妊婦の侍女にいち早く気づき、少し働く量を減らして体を労るようにウェグムンド侯爵家で進言したそうだね。概念としては、それと似たような話だ」

盤面の解決方法が思いつかない間に、祖父はつらつらと話を続ける。

「同時に、女性の権利に関しても議論が盛んに行われているんだけどね。法の整備という形で表に現れ出したのは、ここ二年くらいのことだ。それを、議論の場に上げたのはとある公爵で、提案したのは彼の妻だそうだ」

どうにか手を打つと、祖父はすぐに次の手を出してきた。

このままでは、明らかな劣勢に追い込まれる。

ジッと盤面を見つめたまま、アレリラは祖父の言葉に答えた。

「それが、レイフ公爵夫人ですか」

打開の手は思いつかない。

楽しげな祖父は、顎を撫でながら『ご名答』と応じた。

「初期の帝国は、多くの国を併呑して大きくなった。その中で、技術や思想、あるいは有益な人材を積極的に取り込んでいくことで、権勢を極めたとも言える」

「今また、その変化の時期に差し掛かっている、と？」

そうして、どうにかアレリラが捻り出した一手に、祖父は手を叩く。

「君たち次の世代は、その波に乗り遅れてはいけない。あらゆるものを貪欲に吸収していく必要がある。その中の一つが、学を好む女性、という新たな規範を、道の在り方を示す人物である、と我は考えている」

「だから……タイア領では、女性にも読み書き算術を？」

「ああ。人は平等である、というのなら、魔力の制御以外の理由で、女性にも更なる学びを与えて悪い訳がないからね」

「南のライオネル王国の貴族学校では、男女の別なく、自ら学ぶ教科を自由に選べるそうです。帝国では、成績の範囲外ではありますが、まだ男性しか学べない分野があります」

「あの国は、武勇の国だからね。男性も女性も己で選びとる気質が好まれる下地があったのだろう。

……この国でそれを作るのは、君だ」

そうして、コツン、と打たれた一手は、またしてもアレリラの予想を超えるもの。

「立ち塞がる数々の困難を、君は今まで自身の才覚で打ち崩して来た。その力を今度は、同じような境遇にある女性を救うために、生かして欲しい」

故に、アザーリエ様に会う必要がある、と言いたいのだろうけれど。

「荷が重い、と言わせていただいても？」

「おや、弱気だね」

打開する一手が、思いつかない。

自分のことだけなら、あるいは目に見える人々だけであれば、手助けする方法は思いつくけれど。

顔も知れぬ人々までとなれば、見えない重荷が両肩にのしかかるようで。


「――あまり、妻をいじめないでいただきたい」


不意に横から声が聞こえて、白い手が伸びてくる。

そうして、一つの駒がその指先によって動くと、劣勢だった状況が再び拮抗した。

「イース様」

「アル一人でそれを成す必要などない、と、殿下であれば理解しておられるでしょう」

「ははは。時間切れだな。孫娘の心強い伴侶のご登場だ」

パッと両手を開いた祖父は、悪戯っぽい笑顔で片目を閉じる。

「そこが、君の弱点だ。他者の言葉が正論に聞こえると、視野が狭まる。世の中には、一面の真理だけが存在しているわけではないから、あまり真っ直ぐに受け止め過ぎないことだ」

「……どういう、ことでしょう？」

人の手が入ったからか、それ以上チェスを続ける気はないのか、祖父が立ち上がった。

「女性の権利の保証というのは、何も学習や新たな生き方を提示して、皆を無理やりそこに放り込むことではない、ということだよ」

畑を耕して生きる男性が、皆、各地を渡り歩く商売人になることを望むわけではないように。

田舎で獣を狩る男性が、皆都会で人に雇われることを望むわけではないように。

「昔ながらの、刺繍をして家事を助け、静かに生きることを望む女性もまた、君のような新しい生き方をしたいと望む女性と同じ数だけ、居るだろう」

チラリとイースティリア様を見た祖父は、一瞬だけ帝王陛下のような凄みのある笑みを浮かべて、立ち上がったまま、一つの駒を移動する。

「君たちが成すべきことは、そうした人々が誰しも自分の自由に生きられるよう、助けることさ。期待しているよ」

そうして祖父が『おやすみ』と退出すると、イースティリア様は盤面に目を戻し、深く息を吐く。

「……二人がかりでも、あの方にはまだ敵わないようだな」

見下ろした盤上は、未だ『チェック』も掛かっていない。

しかしどのような形で続けたとしても、『チェックメイト』にしか辿り着かないことが、アレリラにも分かった。

「追いつくには、努力で、どうにかなるのでしょうか」

「さて。それでも、我々はやるしかない。サガルドゥ殿下も、帝王陛下も、いつまでも国を支えていただける訳ではないからだ」

「……そうですね」

「そして殿下は、少しでも多くのものを我々の手元に残しておこうと、奮闘して下さっている」

イースティリア様はそう言いながら、一つの巻物を手渡してくれた。

「これは？」

「権利ごと君に渡す、と、殿下の仰った『魔法の地図』だ」

言われて、紐を解いて中身を見たアレリラは。

「まぁ……」

思わず、声を漏らしてしまった。

驚きが先に来て、それが収まると徐々に口元が緩むのが、自分でも分かる。

「なんて、魅力的な……」

そこに記されていたのは、最新型の魔導機関の設計図と、街灯、そして導線の渡し方だった。

『サガルドゥ・タイア』の署名と押印があり、彼が自分で設計したことを証明するロンダリィズ伯爵の併署が添えられている。

「サガルドゥ殿下と、どのような話を？」

最初から聞いていたわけではないからか、何故かイースティリア様がアレリラの顔を凝視しながら問いかけるのに。

　アレリラは、自分の顔が緩んでいるのに気づいて、表情を引き締める。

「アザーリエ・レイフ公爵夫人が、ロンダリィズ伯爵領に帰郷されるそうです」

「なるほど。会うことが、君にとって有益だと？」

「はい」

「どうする？」

　イースティリア様が、アレリラの肩に手を添えたので、その手に自分の手を重ねながら、アレリラは答える。

「会ってみたい、と思っております。どのような方なのか、詳しく存じ上げませんので」


「冷えないか？」

　その後、アレリラが割り当てられた寝室のバルコニーで外を眺めていると。

　イースティリア様が、夜着と薄いショールの上から、ふわりと肌触りの良い白の毛皮の部屋着を掛けて下さった。

「ありがとうございます」

　飽きることなくアレリラが眺めていたのは、屋敷の庭を彩る灯りである。

　お祖父様からいただいた設計図を基に作られているのだろうそれは、実用性だけでなくデザインも凝ったものだ。

「何か、考え事をしているようだが」

「大したことでは。この旅行でわたくしは自分の見聞がまだまだ狭いのだと改めて考える良い機会を得られましたので、噛み締めていたのです」

　きっとアレリラは、知識そのものは多く記憶している方だろう。

　どんな物が何の役に立つのか、どういう場面で使えるものなのか。

　そうした、既存のものに対する回答を出すのは、得意とするところだけれど。

「新たなものを生み出すこと、今あるものを変えること。そうした力というものをお持ちの皆様は、改めて尊敬に値する方々なのだと」

　より良い未来を作る。

　その為に必要なことを実行する。

　口にするのは容易いけれど、それを実行し、実現するには果てしない困難があることを、アレリラは知っている。

　どれほど考えても自分には見えない未来の景色を、タイア領は見せてくれているのだ。

「祖父とイースティリア様の見ているものの片鱗を共有出来ることは、わたくしにとって得難い幸せです」

アレリラは、自然に笑みが溢れるのを抑えきれない。

するとイースティリア様は、どこか切なそうな顔で、アレリラの頬に手を添えた。

「……どうなさいましたか？」

湯上がりの、ほのかに湿った温かい感触に戸惑いを覚えていると、イースティリア様は小さく息を吐いた。

「ここに来なければ、君のそんな表情を見ることがなかったのかと考えていた。それが嬉しくもあり、少々悔しくもある」

「……お祖父様と、何か？」

「いいや。これは彼の口にした『ままならぬ自分の気持ち』の問題だろう」

イースティリア様も横に並んで、庭に目を向ける。

「知っているか。人の人生を四つの季節になぞらえる風習が、ライオネル王国にはあるらしい」

「季節、ですか」

「君も一つは耳にしたことがあると思う。青春、という言葉だ」

「存じ上げています」

「人生における成長の時期、最も多感な時期を指すそれを、皆は最も尊ぶ。若く、可能性に溢れている10代の時期だからだ」

「なるほど」

「だが、それには続きがある。最も栄える朱夏《しゅか》、晩年に差し掛かる白秋《はくしゅう》、老年の域である玄冬《げんとう》だ」

「勉強になります」

「我々は、朱夏の季節に在る。それまでに得たものが花開き、それを活かすことが出来る時期に。私は、青春よりも価値のある時期だと思っている」

成熟した自分が、何かを成す時期。

「確かに、それはわたくしたちの季節ですね」

まさに、これから。

今でも陛下に頼られているイースティリア様が、レイダック殿下が王位を継いだ後に、その辣腕をさらに振るい共に帝国を変えていく時期が訪れるのだ。

「その朱夏の季節に。もし改革を進める私が道を間違えそうになった時に、止めてくれるのは君だろうと思っている」

「イース、が、間違う……？」

アレリラが戸惑うと、イースティリア様は微かに苦笑する気配を見せた。

「君は、私が間違わないと思っている節があるが。実際にペフェルティ伯爵が攫われた時に、選択を間違えかけただろう。あの時、私の考えを改めさせてくれた」

「……座して待て、と仰られた時のことでしたら、あれはわたくしのワガママだったかと」

それに、あれは思いやりの発露だった。

アレリラとアーハの気持ちを慮ったからこそ、出た言葉だ。

けれど、イーステイリア様は首を横に振る。

「そうではない。自らに置き換えるのを忘れていた。それに気づかせてくれたのだ」

「……それを言うのなら、わたくしにも、思い違いや覚え違いはあります。例えばペフェルティ伯爵に婚約破棄を告げられた時、頭の中で直接的な言葉に置き換えた理由は、忘れておりましたがヌンダー氏の言葉を聞いていたからです」

かつて陰気臭い大女とアレリラを評したのは、ボンボリーノではなくヌンダー氏だったのだ。

多感な青春の時期。

その時期を、アレリラはおそらく、人から見れば灰色に見える過ごし方をしていた筈だ。

けれど、それでも。

「気にしていなかった筈の事柄を、言葉を、否定的に捉えるようになるような影響を、受けていたのでしょう。多感というのは、そういうことだと思います」

そしてイーステイリア様と出会い、ボンボリーノと和解した後、幾度も視界が広がるような経験を出来ているのは。

「わたくしは知識を蓄えるばかりで、その知識が何を意味するのかを実感することなく、狭い殻の中に閉じこもっていたのでしょう。だから今、こんなにも学ぶことが多いのだと思います」

「そうではない。知識がなければ、好奇心がなければ、君のような学び方を出来はしない」

イーステイリア様は、アレリラの瞳を覗き込み、ハッキリと否定した。

「無駄な過ごし方をしたのではない。確かに、青春の季節に経験したことは、人に焼き付くのだろう。今思えば大したことではなくとも、重大なことに感じる。そして未熟なその当時であれば分かり合えなかった相手とも、今なら分かり合えることもある」

「はい」

「関係も考え方も、変化するものだ。陛下は白秋に至り、今なお柔軟だ。サガルドゥ殿下は玄冬の域にあり、『幸せだ』と口に出来る先へ君の御母堂を送り出し、なお先を見据えている」

今だから、アレリラもボンボリーノ達とも良い関係を構築出来ている。

「仰る通りだと思います」

「人の生は、青春のその後の方が長く、成しえることも多い。アレリラ」

「はい」

「私は、君と青春を共にすることが出来なかったのを残念に思うが、今を、そしてこれから先のより長い生を、君と共に在れることを嬉しく思う」

そう告げられて。

アレリラは目を細めて微笑み、胸元に手を当てた。

「わたくしも、同じ気持ちです」

「愛している、アル」

「……イース。わたくしも、心からお慕い申し上げております」

そっと肩にイースティリア様の手が添えられ、顔が少しずつ近づいてくる。

アレリラは、微笑んだまままそっと目を閉じて。

柔らかく温かい唇が触れ合うことに、確かな幸せを感じていた。

サイドストーリー前編　ポンコツ妖女は、隣国に売られる。

『――貴族たる者、悪辣たれ。』


そんな家訓を持つロンダリィズ伯爵一家の長女アザーリエは、『社交界の妖花』『尻軽な男好き』『傾国の徒花』『貢がせ令嬢』など数々の不名誉な二つ名を賜っている。

半分は男性の間で、半分は女性の間で出回っているものだ。

殿方を婚約者のあるなし問わずにその色香で惑わせ、誘い、貢がせるだけ貢がせて、焦らすだけ焦らしてから捨てる。

それが社交界での、アザーリエの評価だった。


――そんなこと、していませんのにぃ～！


妖艶で、色香漂うアザーリエ。

しかし実家での評価は『残念で役立たずな長女』だった。

例えば、お父様にはこう言われた。
『贈り物を断っただと!?　貰えるもんは貰ってこい！』
――だってお父様、なんの見返りも差し出さずに、高価なものは受け取れないですぅ。
例えば、お母様にはこう言われた。
『王太子殿下に求婚されて断るなどと、うちでなければ許されないことです』
――だってだってお母様、お妃様なんてわたくしにはとても無理ですぅ。
例えば、弟スロードにはこう言われた。
『姉様、なんでそこで、もっと色仕掛けしてうちに有利な取引を持ち掛けないの？』
――だってだってだって、よく知りもしない人は怖いんですぅ。
そして、幼い妹エティッチには。
『ねーしゃま！　今日もお胸がふくよかでしゅわー！』

――――うん、恥ずかしいからもふもふしないで？　触らせるのは貴女だけよ可愛いエティッチ。

アザーリエは、コミュ障だった。

デビュタントからこっち、殿方に体を眺め回されるのが常だったので、視線だけでゾワゾワして萎縮してしまう。

そんな自分に、淑女の皆様も冷たい目線を向けてくる。

殿方に挨拶するだけのことすら、声を震わせないようにするのがやっとで囁くような声になるし、恥ずかしくて顔が熱くなるし、上手く話すことも出来ず微笑むのが精一杯。

それに、女性に対しても自分から話しかけられない。

目線が冷たくて、そっけなくされたり嫌味を言われたりした辛い経験は数知れないからだ。

人を使うのもお願いするのも苦手で、使用人に対してもそれは一緒で、何でも自分の手で済ませてしまう方が楽だ。

なのに、自分では分からない『色香』とやらが凄すぎて、殿方も淑女がたも、アザーリエ本人のことなんか誰も見てくれない。

実家でも落ちこぼれ扱いのアザーリエは、唯一家訓に添う『悪女』の称号だけは貰えているけれど、嬉しいよりも自分には不相応な評価という気持ちが拭えなかった。

めちゃくちゃ誘惑してくるのに手を出させても貰えない、と、声が大きい殿方や、勝手に惑わされた者たちの婚約者が悪評を立てまくっていく。

――わたくしは、わたくしは本当に、そんなんじゃありませんのにぃ～!!


陰口を叩かれるたびに、内心半泣きになりながら、アザーリエは頭を抱えていた。

しかしそんな様子すらも、目を潤ませて誘うような仕草に見えてしまうらしくて。

『また男を誘ってるぜ』

『本当に、どこまでも下品な……』

そうして、悪評だけが限界に達した時、お父様は言った。

『18にもなって、自由恋愛という貴族悪すらまともにこなせねぇのか！　もういい！　お前は隣国の公爵に売る！　少しは悪というものについて分かるまで里帰りも禁止だ！』

『ひぃ！　は、はい、お父様！　わ、わたくし頑張って参りますぅ～っ！』


そうして、アザーリエは隣国に嫁ぐことになった。

もちろん不安しかないけれど、少しだけお父様が結婚を決めてくれたことにホッとしてもいた。

これでもう、あの苦手な社交界で、大して知らない人々と話すことに怯えなくて済む。

公爵様との婚姻の契約では、『白い結婚でもいいし、妻としての務めも必要最低限でいい』ということだったので、本当にアザーリエにとってはいい条件だった。

――子どもも作らなくていいし、人前に出なくていいんですかぁ～？　最高ですぅ～！

アザーリエは、母になる自信などかけらもなかったから、最低限の務めの中に子作りが入っていないのがありがたかった。

それでも不安で押し潰されそうになりながら赴いた隣国で、旦那様になる方と顔を合わせた時。

彼の視線が好色さを見せなかったことに、嬉しさを覚えた。

『ダインス・レイフだ。そなたの噂は耳にタコが出来るくらい聞いている』

その視線が、北の国随一と言われる武門の長の、とてつもない威圧感を伴うものだったとしても。

「そなたに金は使わせん。社交界に顔を出すことも不要。一年後の婚姻までは部屋も別。結婚式を挙げる予定も、披露宴を行う予定もない」

「はい……レイフ公爵様のなさりたいように……」

破格の好条件に、アザーリエは淑女の微笑みを浮かべながら頭を下げて……正面から目を見るのは恐ろしいので、上目遣いに鼻のあたりに目を向けて答えた。

金はタダで手に入らないので、労働をしない者に与えないのは至極当然。

部屋が別なのは、落ち着きたいので問題ない。

人前に出なくてもいいし、着飾るために色々しなくていいのは助かるくらい。

あっさり了承したのが何か気に入らないのか、ますます不愉快そうに眉根を寄せたダインス様は、一見すると恐ろしげな容貌をしている。

かなりの長身で、全身は筋肉の鎧に覆われており。

短く刈った髪は黒で、剛毛なのか逆立っている。

鋭い目つきと、頬から鼻筋にかけて走る刀傷は威圧感たっぷりだけれど、顔立ちそのものはよく見ればすごく整っている。

現在34歳だけれど、一度も結婚していないと聞いていた。

そのまま背を向けて部屋を出たダインス様に代わって、こちらも冷たい目をした侍女頭が部屋へと案内してくれる。

流石に北の角部屋ということはなく、客間を改装したらしい殺風景な部屋に案内され、『用があればお呼びください』とだけ声をかけられてパタンとドアが閉まって、アザーリエはホッとした。

――本当に、苦手なことは何もしなくて良さそうですぅ～。ラッキーですぅ～！

あれだけ使用人もそっけないなら、何も話しかけなくても良いだろうし。

――――お父様に言われたとおりに、なるべく悪女として、頑張って振る舞いましょう～！

むん、と一人気合を入れながら、運び込まれていた荷物から着替えをして、一人で荷解きをせっせと始める。

実家から、家事をする時に着ていたお仕着せを持って来ておいて良かった。

アザーリエは、家の仕事は使用人のものまで含めて一通り出来る。

何故なら、実家の家訓を遂行するために必要だったからだ。

我が家の家訓の全文は。

『貴族たる者、悪辣たれ！　労働を行うことは最大の悪である！　働け！』

だったから。

アザーリエを初めて目にしたダインスは、彼女の姿に目を細めた。

――なるほどな。


色香の化身。

それがアザーリエの第一印象だった。

黒く艶やかな髪と、向こうの王族の血が混じっているのだろう、浅黒くきめの細かな肌。

エキゾチックな美貌の中でも、特に目を惹くのが、最高級のエメラルドのような鮮やかな色合いの瞳だ。

ぽってりとした唇に引かれているのは、毒々しいほどのルージュ。

切れ長で涼しい目元は、緑のアイラインと豊かなまつ毛に彩られていた。

鼻筋の通った完璧な美貌だ。

そして、唇の左下と左目の下に、それぞれ一つずつ小さなホクロがあり、彼女の美貌に男好きのしそうな艶めかしさを添えている。

体を包むのは、落ち着いたデザインのシックなワンピース。

しかし豊かな胸元と、細くくびれた腰、丸みを帯びた臀部が彫刻のような完璧な曲線を描いていて、ドレスが派手でない分、より彼女の色香を際立たせている。

そうして、ダインスの前に立ったアザーリエは、ゆるりと優雅に頭を下げた。

ドレスの裾を握る、爪の長い指先は唇と同じ色合いに彩られていて、美しい仕草が、その指の長さや手の形の良さまでもを引き立てているようだった。

「お初にお目に掛かります……ロンダリィズ伯爵家が長女、アザーリエ・ロンダリィズと申します……」

密やかに囁くような、少し掠れた声音。

その唇が動くたびに、まるで媚薬のように色香が匂い立つ。


――普通の男ではひとたまりもなかろう。


ダインスは、騎士団を率いている関係上、男の下世話な商売女やご令嬢の話題にも抵抗はないが、朴念仁と言われるほどにそうした欲自体は薄い。

そんな自分でも、ともすれば引き込まれそうな程に、アザーリエは妖艶だった。

挨拶を返してこちらの要望……というよりは一方的な言い分を伝えると、アザーリエは予想外に素直に頷いた。

「はい……レイフ公爵様のなさりたいように……」

そうして、薔薇のような微笑みと共に、潤んだ目で上目遣いにこちらを見上げる。


――――ぬ。

甘えるような、媚びるような、それでいて絡み取るような仕草に、ダインスはグッと眉根を寄せた。

――なるほど。これが〝男を狂わす妖女〟か。

噂は噂と聞き流していたが、これは想像以上だったかもしれない。

向こうの王太子も入れ上げていて、婚約を断られてなおアプローチをしていた、というのも事実なのだろう。

商売上の繋がりがあった隣国のロンダリィズ伯と王妃殿下直々に手紙を貰い、この先結婚の予定もなかったので『二年経って白い結婚であれば離婚』という条件を呑ませることで引き受けた婚姻。

伯爵と王妃はそれぞれに理由は違ったが、帝国から離そうとした二人の気持ちは、よく分かった。

――彼女は危険だ。

応接間を辞した後、外に控えていた老執事に声を掛ける。

「どう見る？」

「想像以上ですな。若い男はひとたまりもありますまい。あれは、天性の男たらしかと」

「……男の使用人は極力遠ざけろ。声をかけられても相手をするなと触れておけ。女も同様に、必要最低限の関わりだけを持たせろ。おそらく、籠絡は得意技だろう」

「御意」

頭を下げた老執事に頷きかけて部屋に戻ったダインスは、目頭を揉んで大きく息を吐く。

「……まったく、ロンダリィズ伯に随分な厄介事を持ち込まれたものだ」

社交界に出ないことを了承させておいて正解だった。

もし彼女が、ないとは思うが万一あの底の知れない伯爵の策で、こちらの内部を切り崩すつもりで送り込まれて来たのなら。

――国王陛下や殿下がた、宰相、あるいは高位文官辺りが誑かされたら、ひとたまりもない。

婚約期間と、結婚してから離縁を申し渡せるまでの、二年間。

出来るだけこの屋敷の中で、大人しくしていて貰わなければ。

男と遊び回っていたというアザーリエが、そんな軟禁に近い生活に耐えられるかは疑問だが……

どれほど乞われても許してはならない、と固く誓う。

――バーランド国の安寧の為にも、俺が絆されて譲るわけにはいかん。

ダインスはそう決意を新たにしたが、一週間経ち、二週間が経過しても……アザーリエは、まるで動き出さなかった。

しかしその二週間、ダインスは別の意味で頭を悩まされることになった。

あまりにも完璧に自分の身の回りのことを自分でこなしてしまう、アザーリエに。


「ちょっと!!　これはどういうこと!?　ロンダリィズ伯!!」

バァン！　とドアを破壊する勢いで執務室に入ってきた人物を見て、ロンダリィズ伯……アザーリエの父は軽く笑みを浮かべた。

「よう、ウィルじゃねーか。何の話だ？」

「何の話だじゃないよ!!　アザーリエの話に決まってるでしょ!?」

ウィル……侯爵家のウィルダリアは、ツカツカツカ、と歩み寄り、立ち上がっていたグリムド・ロンダリィズとの間にある執務机に手のひらを叩きつける。

「アザーリエは、ボクと婚約するって言ったじゃん!!　なのに何で、北の国に嫁いでるのさ!?」

彼女と幼馴染みであるウィルは、長い金髪をうなじの辺りで纏めており、その可愛らしい顔を怒りに歪めていた。

メラメラと燃える青い瞳に、グリムドは鼻から息を吐く。

「まだそんな事言ってんのか。いい加減目を覚ませ」

「アザーリエは、ボクの求婚に『叶うのならば……』ってあの色気ムンムンの口調で応えてくれたんだよ!?　引き裂くなんて横暴だよー！！！」

本来、侯爵家の子女に対して、伯爵家の者が不遜な口を利くことは軋轢を生む。

しかし、グリムドはウィルの父親である侯爵と戦友とも呼べる仲であり、特別にそれを許されていた。

そもそも、グリムドは伯爵家の家訓とは関係なく、よほど礼儀礼節を求められる場でない限りは、誰に対してもこの態度だ。

「アザーリエは政略結婚だよ。あの役立たずがいつまで経っても決めた相手を作って落として来ねぇのが問題なんだろ。翻って、そりゃお前やレイがアイツを落とせなかったことの証左でもある」

「ぐ……っ！」

ウィルは言葉を詰まらせた。

グリムドは、領主や商人としても能力が高い自負があるが、本来は戦士としての素養の方が高いと思っている。

北の国と帝国は、長い間敵対関係だった。

鉱物と食料を巡る諍いは昔からあり、最終的に北の国が足元を見られて安く鉱物を買い叩かれることにキレ、大規模な戦争を仕掛けてきたのである。

どう考えても、当時の帝国商人と先々帝が悪い。

十数年前の戦争が最後であり、そこで終戦協定を結んだ。

その当時、北の国バーランドの若き指揮官、レイフ公爵家のダインスと戦場でまみえたのがきっかけで一気に話が進んだのだ。

16歳の成人を迎えたばかりのダインスは、その戦争で『血濡れた黒獅子』『暴虐の剣聖』『悪虐非道の武神』と数々の二つ名を、畏怖と共に王国帝国双方から与えられる活躍を見せていた。

彼の顔に傷を負わせたのが、当時から悪徳伯爵と呼ばれていたグリムド自身。

逆にグリムドの胸元にも、ダインスに負わされた傷痕が残っている。

悪天候の中、運悪く崖の側で接敵してしまい、双方傷を負いながら転落。

助かるために一時休戦して力を合わせる内に意気投合した自分たちを救い出したのが、ウィルの父である侯爵と、陰で合流し指揮をとっていたサガルドゥ殿下だった。

結局、吹雪がおさまるまで同じ場所で待つ間に双方の利益となる提案を纏め、お互いの軍を退かせて本国を説得、終戦となった。

『戦争するより、戦争を終わらせた方が儲かるッ！　儲けるのは悪の花道ィッ！』

グリムドはそう公言して憚らず、終戦後、レイフ公爵家の治める北の領地に自ら赴いた。

そうして、食料事情を改善する為に、痩せた土地でも育つ作物の種を提供して現地指導したのだ。

同時に、戦前から調査させていた鉄鉱脈と古代遺跡を自領地内で発見し、採掘したものを王家に優先的に融通することで、口うるさい貴族たちを黙らせた。

ダインスとグリムドは、終戦後、金とメシの力を存分に振るい、レイフ公爵領とロンダリィズ伯爵領を繋ぐ鉄道を敷く計画を強引に締結。

つい先日開通し、それに乗ってアザーリエが嫁いだ、という顛末だった。

グリムドはムギギギ、と悔しそうに歯軋りしているウィルに対して、鼻を鳴らした。

「つーか、アイツもあんだけ悪名を得てるのに、まるで悪の実績が利益に繋がらねぇ。待つだけ無駄だ。次の世代のお前らはアザーリエ一人落とせない無能の極み。だったら俺が知る中で、一番マトモなダインスに嫁がせるに決まってんだろ」

「グヌヌぬぬぬ…………」

「器用な呻き方だな」

実際、王家の思惑やらなんやらが色々今回の件に絡んでいることはグリムドも把握していたが、正直どうでも良かった。

単にあの気の弱い愛娘を、時期が来たから一番信頼出来る相手に預けただけだ。

――ダインスなら、アイツの色香にゃ惑わされねーだろうしな。

という親心は、悪徳伯爵たるグリムドは一切口にしないが。

しかし忿懣《ふんまん》やるかたない、という様子を見せる、小柄で妖精のような姿をしているウィルに、グリムドは髭の生えた日焼けした頬を撫でて、ニヤリと笑みを浮かべた。

――面白いこと思いついた。

「そんなに不満なら、迎えに行ってもいいぞ」

「え!?」

「ダインスは堅物で情に厚い。北の不利益にも俺の不利益にもならないように立ち回ってる。だから一応『白い結婚』だ。お互いに惚れ合わない限り、アザーリエにゃ手を出さねぇだろうな」

バーランド第一主義の男ではあるが、アザーリエの特性や、恩のあるグリムドの娘ということもあり、子どもを産ませて完全に人質として手元に置くことを良しとしなかったと思われる。

年齢もかなり離れているので、その辺りも理由かもしれない。

「その前に、連れ戻してみせろよ。本気で惚れてるなら、攫い返してこい！」

グリムドとしては、アザーリエを大事にするなら別に相手は誰でもいい。

そして出来れば、家訓に叶う働き者で悪賢い奴の方がいい。

「いいの!?」

「おう、どうでもいいからな！」

パァ、と顔を輝かせるウィルに、グリムドはその頭をわしゃわしゃと撫でてから部屋を出た。

「じゃーな！　頑張れよ！」

「って、どこ行くのさ!?」

「畑だよ！　この辺りの小作人にゃ暇を出してボーナス出して、全員家族連れで帝都に旅行に行かせたからな！　その間の管理は俺の仕事だ！」

一応、現在は収穫を終えた時期だが、グリムドの言葉にウィルが絶句する。

「……えっと……馬車で一辺一時間かかる敷地が、この屋敷の四方に広がってると思うんだけど……それを、全部、一人で……？」

「おう。なんか問題あるか？　俺が一番の悪党なんだから、俺が誰よりも一番働いて当然だろうが！　なぁ!?」

グリムドが声をかけると、気配もなくひっそりと控えていた老家令が小さく頭を下げる。

「おっしゃる通りにございます。グリムド様は最高の悪党です」

「ガッハッハ！　ってわけだ！　お前も親父さんが心配する前にさっさと帰れよ！」

グリムドは、まだ顔を引き攣らせているウィルを置いて、悠々と畑の見回りに繰り出した。


レイフ公爵の屋敷に居を構えて、早三日。

アザーリエは、とんでもなく自由を満喫していた。

――本当に誰にも構われない……ここはパラダイスなのかしら……？

別にロンダリィズの生家にいた頃とさほど変わった生活をしているわけではないのだけれど、優秀で優しく、しかし物をはっきり言う家族の中で、勝手に肩身の狭い思いをしていて。

だけどレイフ公爵家は、少し様子が違った。

使用人まで徹底して家訓を叩き込んでいた生家では、皆冷たくはなかったけれど口うるさかった。

『色々自分で出来るのは大事ですが、より大きな悪事を成すためには、きちんとご指示を出せるようになって下さい』と。


――そんなこと言われても、苦手なんですぅ～。


と、言えるはずもなく、自分で出来ることをおずおず人に伝えてやらせるのもストレスだった。

でもここでは、使用人の殿方はアザーリエを見ると逃げるようにそそくさと居なくなるし、女性の使用人は努めてこちらを見ないようにして、声をかけてもこない。

例えば、初日。

荷解きで半日終わり、食事はダインス様がどこかにお出かけしていらっしゃるとのことで、部屋と食堂どちらで食事をするかと言われて、部屋で食事をした。

何も言われなかったので、濡れた布で体を拭いて水差しに水を汲んで、一人で就寝。

二日目。

やっぱりダインス様がおられないので、部屋で朝食を摂った後に、昨日着ていたものを洗い場の隅っこを借りて洗濯して干し。

部屋を掃除して、広いお庭を散策してお花を自前のハサミで切って飾り。

昼食を終えた後は、厨房を借りて自分でお菓子を作って庭で一人お茶をして、後片付けを済ませてお昼寝。

乾いた洗濯物を回収して畳んだり掛けたりして、夕食後また体を拭いて就寝。

ダインス様は、二日目も寝るまで帰って来なかった。

三日目。

流石にそろそろお風呂に入りたくなったから、お茶の時間で乾いていた丸太をごろごろ転がして、薪割り。

ノコギリで丁度いい大きさに切って、カコン、カコン、カコン、とリズミカルに手斧で割っていると、突然後ろから、その手を摑まれた。

「……あら?」

「お前は一体、何をしている!?」

驚いて目を丸くしながら振り向くと、そこにダインス様が立っていた。

なぜか怒った顔をしてたので、萎縮して目を伏せる。

――な、何かまずいことをしてしまったかしら……!?

自分ではあまり頭の回転が早くないと思っているけれど、なぜダインス様が怒っていらっしゃるのかを必死で考えたアザーリエは、恐る恐る答えを口にする。

「申し訳ありません……積んであった丸太は使ってはならないもの、でしたか……？」

「……？　何を言っているんだ？」

「その……お風呂に入るのに、木を切ってきて乾かすところから始めると、何年もかかってしまいます……」

——もしかして、ダインス様はそれをお望みなのかしら……？

そうなると、ここにいる間、数年間はお風呂に入れないので、清拭と水浴びで済ませなければならない。

流石に冬の寒い日には、お湯を使わせてもらえるだろうか。

もし焚き火自体がダメなのなら、昨日のお菓子作りもダメということになるので、それも謝らなければ、と考えている内に手斧を取り上げられてしまった。

「アザーリエ嬢」

「はい……」

何故か苦慮するように目頭を揉んだダインス様は、初めて……多分初めてよね？　……アザーリエの名前を呼んでくれた。

「何か勘違いがあるようだが」

「はい……薪作りではなく焚き火がダメ、だったのですね……」

「違う！」


――ひぃっ！


怒鳴られて、思わず身が竦んだ。

そのおかげで、情けない悲鳴は喉の奥に飲み込めてホッとする。

だけれど、それに続いたダインス様の言葉は、予想外のものだった。

「ロンダリィズ伯爵から預かったご令嬢が危ない事をしていれば、誰だって止める！　風呂など、誰かに言いつけて沸かさせろ！　どこのご令嬢が薪割りから風呂の支度を始めるんだ!?」

「え……？」

口を開けてぽかんとしてしまったアザーリエに、ダインス様は厳しい顔でお話を続けた。

「聞いてみればお前は、自分で荷解きをし、掃除をし、洗濯をし、菓子作りまでしていたそうだな。最後の一つは良いが、それでも料理人か侍女を横につけろ！　火傷の危険があるだろう！」

「ですが……公爵家の方々の手を煩わせるわけには……」

──そもそも、一人の方が気楽なんですぅ。人と話すの、苦手なんですぅ〜。

少し泣きそうになりながら、モゴモゴと言葉を途切れさせると、何故かダインス様は妙なものを見るような顔をして、呆れたようにため息を吐いた。

「……風呂の支度はさせるから、少し俺と話す時間を設けろ。ウルール、茶を用意しろ。……それとおま……君は着替えてくるように。ああ、誰か着替えの手伝いも寄越してくれ」

「御意」

言われて、老家令は頭を下げて場を辞し、アザーリエは自分の姿を見下ろした。

家から持ってきた、布が少し薄くなってしまって汚れているお仕着せだ。

途端に、アザーリエは恥ずかしくなった上に、自分の失態に気づいた。

「申し訳ありません……ダインス様が帰ってくる事を知らず、こんな格好で、お出迎えもせず……」

あまりのことに頬を染めて俯くと、何故かダインス様が『ぐぅ……っ』と喉を鳴らすように唸ってから、また深く息を吐いた。

「使用人には、必要以上に君に話しかけるなと、伝えてあった。知らなくても仕方がない。格好は、汚れ仕事をしようとしていたのなら当然の服装だ」

言いながら、ダインス様はふと、アザーリエの指先に目を向けた。

「……君は、ここにきた時、爪を伸ばして赤く塗っていなかったか……？」

――え？　そんなところまで見ていたんですかぁ～？

ちょっと驚きながら、アザーリエは答えた。

「あれは、つけ爪です……家事をするのに、長い爪は邪魔なので……」

「…………俺は本当に、君とじっくり話し合わねばならん気がするな…………」

「何故、でしょう……？」

「先ほども言った通りだが、どこのご令嬢が、家事の心配をして、指先を飾らないように配慮をするんだと……いやいい。後にしよう」

「はい……」

どこか釈然としないまま、アザーリエは頷いて、現れた侍女とオドオドと部屋に戻った。

――怒られちゃいました……。それに殿方から昼のお茶に誘われるなんて……初めてですぅ～。

昔から夜会に誘われることは多くても、昼の集まりであるお茶会に参加することなどなかったアザーリエは、初めての経験にちょっと心躍っていた。

ダインス様はお顔は厳《いかめ》しいけれど、アザーリエを下品な目で見ないし。

そんな方に、少なくとも、嫌われてはいなさそうだったので。

――あら？　何だか、ちょっと嬉しいかもしれないですぅ～。

サイドストーリー後編　ポンコツ妖女、正体がバレる。

――アザーリエ・ロンダリィズは、本当に噂されるような妖女なのか……？


ダインスは、妙な引っ掛かりを覚えていた。

少し仕事が立て込み、二日ほど騎士団に詰めた後に屋敷に戻ってウルールに話を聞いて、ダインスは目が点になった。

「何でも自分でやっている、だと……？」

「左様にございます。食事のみは料理人のものを食しますが、着替えや掃除、洗濯、ご就寝の準備まで全てご自身でなさっておいでです。しかも、手際よく」

「……今は何を？」

「薪割りをなさっておいでです」

「何だと!?　なぜ止めない!?」

「必要最小限のこと以外、自分から話しかけるなと仰ったのは旦那様でございます」

「……」

そう言われれば反論は出来ない。

裏庭に赴いたダインスは、慣れたリズミカルな手つきで手斧を振るうアザーリエを慌てて止めた。

見慣れない、生地の緩んだお仕着せを着ている彼女は、正直似合っていない。

化粧気のない顔に、後ろで団子に結い上げた髪。

それでも溢れ出る色香は変わらず……貴族的な美しい所作と相まって、まるで『そういう格好で男を誘っている』ように見えてしまう。

こちらを見上げるアザーリエの軽く目を開いた表情は、まるで手を取られてうっとりとしているように見えた。

ひっそりと言葉を口にする様子は、物憂げにこちらを誘っているように見える。

しかし会話の内容は、まるでトンチンカンだ。

全然嚙み合わない。

そして手斧を取り上げた手は、震えているように感じられた。


――何かがおかしい。


ダインスは、彼女の色香に惑わされて何か見落としているのではと思い、グッと眉根を寄せると……戦地で兵や将と対峙している時と、同様の意識に切り替えた。

相手のほんの僅かな動作を読み取り、相手がどう動き、何を考えているかを探る……相手を肉と骨で動く塊として見て、その意図を読み取る意識。

するとと彼女は、それまでと違って見えた。

「はい……薪作りではなく焚き火がダメ、だったのですね……」

「違う！」

声を上げると、彼女の体が強張る。

それまでなら、媚びるように見えていたであろう上目遣いの仕草が、誘うように大きく息を吸い込む動作が、怯えを含んでいるのを明確に感じられた。

ぽかんと口を開ける様も、ぽってりとした唇がキスを請うように見えるだろう顔が、ただ呆けているだけだと理解する。

潤んだ目で掠れた声が尻すぼみになるのは、甘えているのではなく引っ込み思案でまごついているように感じる。


——この少女は。


18歳という年齢に見合わない色香を持つ彼女は、それを除けばむしろ年齢よりも幼いと感じるほどに臆病なのではと、ダインスは思った。

スルスルと流れるように合わない視線は、男を焦らしているのではなく、目を合わせるのが苦手なのではと。

潤んだ目は、抑えきれない色情を振りまいているのではなく、本当に泣きそうになっているのではと。

ダインスはため息を吐いて、理解した。

――この少女の本質は、男を手玉に取る妖女などでは、おそらくないのでは？

「申し訳ありません……ダインス様が帰ってくる事を知らず、こんな格好で、お出迎えもせず……」

ただの恥じらい。

そして、むしろ真面目そうな、その物言い。

劣情を誘う、と先ほどまでなら思っていただろう俯く彼女の仕草は、むしろ可愛らしく。

ダインスは、喉の奥で呻きを堪えた。

その後、部屋に一度戻ってからお茶の席に来た彼女は、薄く化粧をしており、そのままゆったりと頭を下げた。

「大変、お待たせいたしました……」

聞けば、声はまたわずかに震えていた。

相変わらず色気を身に纏っているが、身に付けているのは首元まで覆うシンプルな暗めの青いドレス。

首元と袖口、裾だけ白いレースを縫い付けた、必要最低限の飾り付け。

よく見れば、肌の露出は少ない。

むしろデビュタントすぐの少女のように、清楚な衣装だ。

華やかな装いや可愛らしい装いすら好んでおらず、普通の女性が身につければ、控えめで淑やかな装いに見えるだろう。

そっと腰掛けた彼女は、所在なさげに俯くただの少女に見えた。


――噂と色気のまやかしに、俺も引っかかっていた、ということか。


修行が足りない、とダインスは自分の頭を殴りつけたくなる。

誰が歴戦の英雄だ。

隣国に一人赴いた不安そうな少女にあんな物言いをして、二日も放置して。

ダインスは、座ったアザーリエに優しく声を掛けた。


「すまなかった、アザーリエ嬢」

「え……？」

まさかのダインス様の謝罪に、アザーリエは驚いて目を上げる。

厳《いかめ》しい顔つきの彼は、先日や先程と違い、穏やかで優しい目をアザーリエに向けてくれていた。

初めて、殿方の目から視線を外せなくなる。

今まで見た、どんな人の眼差しとも違う真摯さと、慈しみを感じ取って。

「ダインス様……？」

「二日間も待たせ、使用人を君から遠ざけていた。特に男に関しては。……その、君はとても色香があり、近づけると危険だと思ったからだ」

「まぁ……あの……」

アザーリエは、頬が熱を帯びてしまい、思わず俯いた。

言葉が出てこない。


――ダインス様も、そう感じておられたのですかぁ～？

でも、何でそんなものが出てるのか自分でも分からないのだ。

――恥ずかしいですぅ～……。

「だが、俺の目も曇っていたようだ。……君は、むしろ他人と接するのが苦手なのではないか？」

「!?」

問われて、アザーリエは息を呑みながら目を上げる。

ダインス様は真剣な目をしていて、どこか決まり悪そうだった。

「出来るなら、どうか、今からでも君のことを少しずつ教えて欲しい。異国に来て不安だっただろう？　それを俺は分かっていなかった」


――そんなこと言われたの……初めてですぅ。

アザーリエに近づいてくる人は、こちらが男に慣れている前提で馴れ馴れしいか、家族のように『下品』だと厳しいかのどちらかだったから。

――ダインス様は……。


アザーリエは、その心遣いに目頭が熱くなり、ほろりと涙がこぼれる。

「あ、アザーリエ嬢……？」

「ごめ、ん、なさい……違うんです、これは、その……」

アザーリエはあわててハンカチを取り出して、目元を押さえる。

そして、焦った様子で言葉を待つダインス様に、微笑みを浮かべた。

「あの……ダインス様のお心遣いが……うれ、しくて……」

また涙がこぼれそうになって、アザーリエはハンカチで顔を覆った。

耳まで熱いのが、自分でも分かる。

「こ……こんなことで、泣いてしまうの……恥ずかしい、ですぅ……」

家族としかまともに話せないアザーリエは、初めて家族以外の殿方に本来の自分で言葉を漏らす。

どうにか涙を引っ込めて顔を上げると。

何故かダインス様まで、顔を真っ赤にしてこちらを見ていた。

「ダインス様……?」

「いや、その……」

ダインス様は顔を逸らして、口元を手で覆う。

「君は……可愛らしい、な……?」

その小さな呟きに、アザーリエはまた真っ赤になって俯いた。

しばらく二人でもじもじして、何も話せなかったけれど。


――ダインス様も、どこか、可愛らしいですぅ。

アザーリエは、ドキドキと高鳴る胸の中に、ほんわかと温かさが広がるのを感じていた。

「あ……ダインス様……？」

アザーリエは、ふと気がついて、もじもじを脱して話しかけた。

「何か？」

「先ほどの話、なのですが……薪割りの」

「ああ」

ダインス様は、アザーリエの言うことに耳を傾けてくれるようだった。

――忘れていましたが、わたくしはここに、悪の在り方を学びに来たのですぅ～！

なんだか、想像してたよりも皆全然悪そうに見えなかったけれど、アザーリエは叩き込まれた『悪の家訓』に従って交渉を始めた。

「薪を割ったことは、何か問題が、ありましたか……？」

「君が割ったことは問題だが、薪割りの仕事については他の誰がやっても問題はない」

「では、それは労働と認められる、ます、ね……？」

緊張で噛んだ。

けれど言質を取ったアザーリエが目をきらりと光らせ、グッと身を乗り出すと、ダインス様が喉の奥で『ぐぅ』とうめいて、視線を逸らされる。

「何か……？」

「いや、申し訳ないが、目の毒でな。……完全に慣れるまで、しばらくかかりそうだな……」

「？　そうですか……それで、薪割りは労働と認められます、ね……？」

後半のつぶやきは聞こえなかった。

アザーリエは少々はしたなかったかしら、と同じように身を引いてから、「ああ」と頷いたダインス様に対してニッコリと笑みを浮かべる。

「では……お駄賃を、くださいませ……！」

「は？」

ぽかんとする彼に、アザーリエはきちんと説明を行った。

「『悪たるもの、金に汚くあれ！　労働には正当な対価を！』が我が家の教えです……」

身の回りのことをしたのは、人として当然のことなので特に何も請求はしない。

けれど、薪割りは誰がそれを使うにしても、助かること。

父母も、大きな悪となるために、働きに見合う十分な報酬を出すことを推奨している。

――つまり薪割りは、お駄賃をもらうには十分な、立派な労働ですぅ〜！

「なるほど。……時にアザーリエ嬢。そのお駄賃という対価は何に使うつもりだ？」

少し警戒した様子で、ダインス様が問いかけてくるのに、アザーリエは笑みを浮かべたまま、少しだけ頬を染めた。

「……刺繍糸を……」

「糸？」

「はい……婚約している殿方に、刺繍のハンカチを贈るのは、大切なことですわ……」

婚約者が胸元に飾るハンカチに縫う刺繍の腕は、素晴らしければ素晴らしいほど、精緻であればあるほど、そのまま婚約者への愛の深さを示し、娶っていただく方への箔ともなる。

手持ちの糸だけだと、どうしても縫いたい図柄に沿わなかったので、アザーリエはそれを買いに行きたかった。

「君は、持参金を持っているのでは？」

「もちろんですわ……ですが、無駄遣いは大きな悪を為すための妨げとなります……それに、我が家では大切な贈り物ほど、自ら稼いだ金銭で贈ることを尊んでおりますわ……」

裁縫は、母によって徹底的に仕込まれている。

けれど今まで、アザーリエは家族や親しい方以外に贈り物自体をしたことがなく、刺繍以外のものとなると、落ちこぼれで役立たずな自分が稼ぐお金では、あまり良いものを買えなかった。

着る物を贈ろうにも生地は高いし、装飾品など手が出ない。

贈られたものを換金しようにも、全て断っていたので。

ダインス様は、その厳しいお顔立ちをぽかんと呆けさせた後。

頭痛を覚えたように、眉根に寄った皺を揉んだ。

「……アザーリエ嬢」

「はい……」

「俺は本当に、君のことを誤解していたようだ」

考えの変遷はおかしいが、と口にしたダインス様は、どこか柔らかな色を含んだ笑みを浮かべる。

「数日後に休日がある。共に出かけよう。……もちろん薪割りの賃金は支払うが、今後は危ないことはやめるように」

「……仰せのままに……」


——危ないことをしないとなると、お金を稼ぐ手段が限られてしまいますぅ～。

内心少ししょんぼりしながらも、アザーリエはダインス様の言葉にうなずいた。


アザーリエは、それからも大変幸福な日々を過ごした。

男性陣はダインス様から何かを言われているのか、全く目を合わせてくれないものの、顔を赤くしながらも少しずつお話し出来る様になっていた。

女性陣も、ダインス様が何かを言ってくれたのか、最初の頃に比べて雰囲気が柔らかくなったような気がする。

刺繍糸は、本当にあの方はお忙しいようで、休みが潰れてまだ買いに行けていない。

寝支度をしながら、アザーリエは一人、部屋でぷくりと頰を膨らませた。

——デート、少し楽しみにしておりますのにぃ……。

何せアザーリエは、下心しか感じられない男性ばかり見てきたので、そうしたお出かけをしたことがなかった。

そもそも引きこもり気味に、領地で畑をいじったりしているのが好きだったこともあり、経験したいとも思っていなかったけれど。

あの日一緒にお茶をしてから、ダインス様は雰囲気が柔らかくなった。

相変わらずお顔は厳しくて、滅多に笑うこともないけれど、それでもアザーリエを気遣ってくれてお話も弾む。

たま〜に変な声を出されるけれど、それについて問いかけると「何でもない」とお返事されるのが、不満といえば不満ではあるのだけれど。

——わたくし、もしかしてダインス様のことが好きなのかしら……？

かなり年上だけれど夫婦となるのだから、当然上手くやって行きたいという気持ちはある。

白い結婚になることを、来た当初は望んでいたし、良い条件だと思っていたのだけれど。


――わたくし、ダインス様となら、本当の夫婦に……？


とまで考えて、自分のはしたない考えに一人で顔を真っ赤にする。

きゃー！　と一人顔を覆っていると、背後のドアからこんこん、とノックの音が聞こえて、アザーリエはびくり！　と肩を跳ねさせた。

「な……何か……？」

ダインス様とは、少しずつ打ち解けてお話を出来るようになっては来たけれど、それでもまだまだ、声が小さくなってしまう小心な問いかけに。

「旦那様がお帰りになります」

と、ウルールの声が聞こえた。

「まぁ、では……お出迎えをしなければ……」

夜着の上にショールを羽織り、アザーリエは急いで玄関先へ向かう。

しかし、急いだのがいけなかったのだろう。

階段を降りて、玄関口までの長い廊下を歩いているうちに、脱げかけたスリッパにうっかり足を引っ掛けてしまい。

「ひゃぅんっ！」

バランスを崩して、そのままべったーん!!　と床に倒れてしまった。

支えようとした両手も滑り、軽く鼻を床に打ち付けてしまう。


――――い、痛いですぅ～……。


やってしまった恥ずかしさと痛みに、顔に熱が上がり、目尻にじんわりと涙が滲んでくる。

「アザーリエ様!?」

焦ったようなウルールの声に、大丈夫ですぅ、と返事をする前に、ガチャリとドアが開いた。

両手を上に挙げたような姿勢のまま、顔を上げた涙目のアザーリエと、お帰りになったダインス様の目がバッチリ合う。

「……アザーリエ？」

「はいぃ……」


――――だだ、ダインス様に見られてしまいましたぁ～っ!!

あまりにも、あまりにも居た堪れず、恥じらいさえも忘れて、素の口調で返事をしてしまう。

この家に来てから、間抜けなところを見せないように気をつけていたのに。

呆れられてしまう、消えてしまいたい、と思っていると、目尻に溜まった涙がぽろりと流れた。

「……っ大丈夫か!?　どこか怪我など……！」

いきなり表情を青ざめさせて大股でのしのしと近づいてくるダインス様が、焦ったように問いかけてくるのに。

「ふぇえん。痛いですぅ～……！」

そう答えると、ダインス様やウルール、従者の皆様までもが驚愕の表情で、時が止まったようにピタリと動きを止めた。


――？


不思議に思いながら、ぐず、と鼻をすすったアザーリエは両手をついて身を起こすと、膝を揃えてスカートの上からさする。

鼻の頭もじんじんするけれど、両膝も打ってしまったようでとても痛かった。

ついでに無駄に大きなお胸も痛いけれど、さすがにこの場でさするようなはしたない真似は出来ない。

「あ、アザー、り、え？」

「はぃい……な、情けないところを見せて申し訳ないですぅ～……」

部屋の隅っこでうずくまって、そのまま溶けてしまいたい。

あまりの気恥ずかしさに、周りの人たちの視線がこちらから逸れないのが痛くて、アザーリエは両手で顔を覆った。

「ふぇえええん、見ないで下さいぃ～……！」

そこで、ようやく時間が動き出したらしい人々が、慌ただしく『薬箱を持ってこい！』とか『侍女を呼べ！　お部屋に運んで差し上げるんだ！』とかの声が響き渡る中。

アザーリエは、暖かいものが近づいてきて、背中と足の下に何かが差し込まれた後に体が浮き上がるような感覚を覚えた。

「はぅ!?」

ビックリして両手を顔から離すと……目の前に、ダインス様の顔があった。

いつもの厳しいお顔なのに、何故かとっても真っ赤になっている。

「だ、ダインス様!?　だだ、大丈夫ですぅ!!　自分で歩けま、ますぅ!!」

横抱きに、抱き上げられている。

それに気づいたアザーリエはパニックになった。

でも怖いから、ダインス様の首元に慌てて手を回すと。

「そ、のまま……大人しくしていろ。足が痛むのだろう?」

「でで、でもでも、こんなの申し訳ないし恥ずかしいですぅ～!!」

そう言い募ると、彼は真っ赤な顔のまま、また『うぐっ……』と喉を鳴らした後、ふと、頬を緩

めた。

稀にしか見られないその笑顔を、ピタリと止まったアザーリエは、ぽかん、と見上げる。

微笑みを浮かべたまま階段を登り切ったダインス様は、アザーリエの耳元でこっそりと囁いた。

「本当の君は、やはり、とても、その……可愛らしい、な？」

「〜〜〜〜っっっ！！！」

告げられた言葉に、目の前のダインス様の照れたような顔を見たのも、相俟って。

今度こそ、アザーリエは思考が止まる。

「朴念仁と言われた自分が……まさかそんな言葉を、君のような女性に囁くことになろうとは、思わなかった」

戦場よりも緊張する、というダインス様の言葉に。

アザーリエは、もうこれ以上熱が上がることはないだろうと思うほどに、恥ずかしさと……嬉しさが極まって。

頭がクラクラして、ふ、と意識が遠のいた。


それから一週間。

気絶したアザーリエに皆が大慌てして、何だか申し訳ないくらい甲斐甲斐しく世話を焼かれてしまい居た堪れなかったけれど、皆が心配してくれるのはくすぐったくて、凄く嬉しかった。

だから、一つの決意をしてアザーリエはダインス様を訪ねる。

気合を入れて、執務室のドアを家令のウルールにノックして貰い、返答を待ってから、アザーリエは入室した。

その上で『う、ウルールさんに、そのぅ、部屋のお外で待っていて貰えるよう、ダインス様の許可をいただきたいですぅ……！』と、自分比なるべく高圧的に聞こえるようにお願いして聞き入れてもらってから。

アザーリエは、少しはしたないかしら、と思いながらも、強気であることを示す為に、執務机にバァンと手を……置こうとして、でもそんな風に道具に当たるのは良いことではないので……そっと手を添えて、グッと顔を前に出した。

「ダインス様に、い、言いたいことがございますぅ!!」

たゆん、と胸元が揺れると、執務机の前に座ったダインス様が、何故か気まずげに顔を逸らす。

「聞こう。だが少し離れようか」

「？　はい、申し訳ないですぅ～」

アザーリエは言われた通りに、机から数歩離れて、両手をお腹の前で揃える。

――や、やはり机に両手を置くのは失礼だったかもしれないですぅ～……。

ダインス様に不快な思いをさせたとしたら、要求を聞き入れてもらえないかもしれない、と不安になって胸がドキドキして、頬が熱くなって来た。

――でもでも、わたくしは引くわけにはいかないのですぅ～！


ちょっと目を潤ませながらも、アザーリエは毅然としていた。自分なりに。

その間に、何故かダインス様は『グゥ……！』と喉を鳴らして、一度目を閉じられた後。

何度か深く呼吸をして、いつもの厳しいお顔に戻ると、鋭くカッコよくて、全部見透かされるような視線でこちらを見る。

「それで、何が言いたい？」

低いお声で問いかけられると、何だか胸の奥がキュン、とした。

あのズルペタドッシーン事件以来、ダインス様のお声に対して、何故か少し切なくなる。

アザーリエがそんな風になると、ダインス様もいつもとちょっと違う雰囲気になられるのだけれど、今日は肩が軽く震えたくらいだった。

「わ、わたくしは……ダインス様と、使用人の方々の、待遇改善を要求しますぅ！」

「…………は？」

そう告げると、ダインス様はポカンとした顔で、軽く口を開けた。

「あ、『悪の使用人は、一流で当然！　だが潰れない程度に、休息はきっちりと！』そ、それが悪の覇道というものですぅ！」

アザーリエは、心配だった。

どう考えてもダインス様は働き過ぎで、少しおかしい。

ここに来させていただいて三ヶ月、彼は休みもなく働き続けていた。

だけれど。

「今日は、おうちに居られますけれど！　お休みでもダインス様は半日だけ、呼び出されたりしておりますぅ。そんな働き方をしていると、いずれ体を壊してしまいますぅ〜！」

父は規格外なので、論外としても。

母も弟も、いくら働いても休みだけはしっかりと取っている。

「それに、ダインス様が働き続けることで、ウルールさんのお休みがなくなっちゃうのですぅ！」

旦那様不在のおり、家政や領地の案件の取り纏めをするのは、家令の仕事。

本来であれば家政は、ダインス様のお母様や、アザーリエがするものだけれど、お母様は体調を崩して領地の方でご静養なさっておられるそう。

お父様は、すでに亡くなられているらしい。

そのせいで、ウルールの負担が凄いことになっている。

彼はいつも、そうは見せないけれど忙しく立ち働いていて、腰を痛そうにさすっていたりすることが多いのを、アザーリエは見ていた。

お話しできるようになった使用人の方々にもそれとなく聞いてみると、彼らも休息日は月に一度もないらしい。

「わ、わたくしはまだ、ここに来て日が浅いですぅ。だから、代わりにお仕事を任せて貰えないのも仕方がないことと思ってますぅ。……で、でも、このままウルールさんが倒れたら、ダインス様もおうちの皆も困ってしまうのですぅ～！」

手伝えない自分が、言ってて情けないけれど。

この意見をダインス様に伝えられるのは、仮にも次の女主人となる、アザーリエだけだから。

母は、『隙のない仕事をして初めて一流です。しかしミスをなくす為に重要なのは、福利厚生。仕える者に良い仕事をさせる為の第一義と心得なさい』と口うるさく言っていた。

それはもう、新しい使用人が家に入るたびに、自ら指導に当たって、休むこととミスをしないことの重要性を体の芯まで叩き込むほどの徹底ぶりだった。

「その為には、まずダインス様がきちんとお休みを取って、皆が休みやすい雰囲気を作って、それから皆にも休めって言うことが重要なんですぅ～！」

アザーリエは、そう熱弁を振るった。

ここは引かないぞ！　という意志を込めて、むむむ、とダインス様を見つめる。

すると、驚きの波が引いたのか、頬の傷を撫でながら考える素振りを見せ始めた。

「なるほど確かに、行軍においても休息は重要だな……戦闘に入る時に、兵が疲労困憊では勝てるもの《・》も勝てん」

「そ、そうでしょう～？」

「君はどの程度の休息が必要だと思う？　知っての通り、俺は頑丈だ。そのせいで、行軍の際も無理をさせてしまうことがあり、どの程度が適正なのかが分からん」

「えっと……」

アザーリエは、実家のことを思い出してみた。


――えっとえっと、確か、お母様は……。


「し、週に二回ですぅ！」

「……そんなにか!?」

何故か驚愕の表情をするダインス様に、アザーリエはコクコクとうなずく。

「お、同じ仕事をこなせる人を二人以上作って、えっと、休みの日はその人のフォローが出来る様にして、その、き、勤務表？　を作って、仕事に穴が出来ないようにするのですぅ～！」

お母様はそういう風にしていたはず。

使用人を避けていたアザーリエは、うろ覚えだったけれど、なんとか思い出して伝えた。

「ふむ。……同じ日に休ませるのではなく……夜の見張りを交代でするようなものか……？　うむ」

ダインス様は、何事か手元の紙にサラサラと書きつけると、疑問を持ったことを訊いてきた。

「だが、ウルールの代わりは得難い人材だぞ？　家政のほうは侍女長が請け負えるだろうが」

「そ、それは……えっと、お母様は、家令以外に執事という方を作っておられて、えっと、基本的には仕事の種類を分担して、お願いしていたように思いますぅ〜。後、権限はないですけれど、秘書？　補佐？　の方とかを家令につけておられて。お母様の休みと、家令の休みを別にして、どっちかが父にしか出来ないこと以外をしておられ、た、はずですぅ……」

『曖昧な。貴女はもう少し勉強なさい。自分の趣味仕事ばかりしていないで』というお母様の声が聞こえたような気がして、何だかしょぼんとした。

だけれど、ダインス様はお気になさらなかった。

「なるほどな。ウルールに、実家の方に有益な人材がいないか、今の下働きなどに有用な者がいないかを尋ねてみよう。仕事を分けるというのも負担を減らすという意味では良いことだな。他の仕事をしている者についても、順番に善処する。アザーリエ、君は素晴らしい」

「え……？」

――褒め、られた？　のですぅ？

思いがけない言葉に目を丸くすると、ダインス様は微笑んで立ち上がった。

「検討してみよう。俺では気づけなかった部分の話だ。これからも、そういう気づいた事があれば、教えてほしい」

　近づいてきて、優しく頭を撫でられると。

　なんだか不意に、泣きそうになった。

「どうした？」

「いえ、あの……さ、差し出がましいかと、思っていましたのでぇ～……」

　まさか褒められるなんて。

　今までの人生で、外見以外の何かを褒められたことなんて、あんまりなかったから。

　ぽろりと涙がこぼれると、ダインス様はそっと指先でそれを拭い、少し頬を赤らめながら、尋ねてくる。

「その、アザーリエ。抱き締めても？」

「ふぇ!?」

「……嫌か？　俺は、今、そうしたいと思っているんだが」

「あ、あの、その……」

　アザーリエは目をおどおどと彷徨わせてから……口にするのは恥ずかしいので、小さくうなずく。

　そのまま力強い腕に抱き締められると、先ほどとは違う意味で、心臓が痛いくらい早鐘を打つ。

「改めて言わせて貰おう、アザーリエ」

　ありがとう、と低い声が耳元で聞こえると、腰が砕けそうになる。

――ふぇえええぇ……恥ずかしくて、嬉しくて、死んじゃいますぅ～！

「もし君が良ければ、ウルールに家政を習ってもらえないか？」

「そ、そそ、それ、は」

頭を撫でられて顔を上向けられると、目の前にダインス様の顔があって……真っ赤になった自分を見つめられることになったけれど。

――お、女主人として、勉強をするってことですかぁ!?

家のことを任せたい、と、ダインス様はそう言っている。

きっとここに来る前のアザーリエだったら、荷が重いと、思っていたはずだけれど。

――う、嬉しいですぅ～！

ダインス様が、奥さんとして自分を認めてくれるっていうことだから。

ここに居ていいと、言ってくれてるっていうことだから。

「それと、結婚式も披露宴もしない、と君に最初に言ったが……俺は今、君のことを皆に自慢したくてたまらないと思っている」

「ふぇぇ……？」

「すまなかったな。もし良ければ、時間はかかるが……今からでも考えてくれないか？」

人前に出るのは苦手だと知ってはいるが。

そう、ダインス様が仰るので。

「……が、頑張りますぅ……！　ダインス様ぁ……！」

ボロボロと涙をこぼすアザーリエを、彼は落ち着くまでずっと抱きしめていてくれた。

「ぐず、ぐすっ……す、すみませぇん……」

「そんなに喜んでくれるとは思わなかった。アザーリエ、君はみ、魅力的な、女性だ。外見もだが、その、内面がな。三日後には今度こそ休みが取れるから、街に出かけよう」

「はいぃ……！」

アザーリエは、顔を綻ばせて、ダインス様の言葉にうなずいた。


そうして、今度こそ約束通り。

アザーリエは、休暇が取れたダインス様とお出かけすることが出来た。

うきうきと準備して着替えたのは、落ち着いた色合いの青系ワンピースと、同色のはばひろ帽。

元から顔立ちが大人びているせいで、白だとか淡い色合いの服があまり似合わないアザーリエは、清楚で可憐な格好に憧れていたけれど、諦めていた。

「お待たせいたしましたぁ～」

居間に向かうと、ダインス様がコーヒーを飲んでいて、小さく笑みを見せる。

「よく、似合っている」

「そ、そうですか？」

褒められて、えへへ、と嬉し恥ずかしくて肩を竦めると、側に控えていたウルールに彼がうなずきかけ、それを受けて何かを持ってくる。

「それ、何ですかぁー？」

「コサージュだ」

転けないようにテーブルを回り込むと、箱から彼が取り出したのは真っ白な花を模した飾り。

「わぁ、可愛いですねぇ～」

「そうか？」

それを、立ち上がったダインス様は、手に持っていたはばひろ帽をアザーリエに被らせて、そっとピンで留めた。

「君は、その。可愛いものが好きだが、あまり可愛らしい服装が似合わない、と言っていただろう。こういう小物ならどうか、と……騎士団の、モテる奴に聞いて、買っておいた」

「まぁ……！」

『そんなことを正直に仰らずとも良いのです』という顔をしたウルールに気づかず、アザーリエは口元に両手を当てる。

――そそ、そんな事まで覚えていてくれたんですかぁ～!?

カーッと顔が熱くなり、おずおずとダインス様の顔を見上げると、彼も真っ赤になって目を逸らしていた。

「その、気に入って貰えると嬉しい」

「あ……ありがとう、ございますぅ……」

もじもじしながら小声でお礼を言うと、部屋の空気が変わった。

「……？」

周りを見ると、ウルールが視線を逸らしていて、控えていた侍女が顔を赤らめていて、使用人たちがこちらを凝視したまま固まっている。

「っ、その、君のささやくような掠れ声は耳に毒だ。きちんと発声するように」

「ひゃ、ひゃい！」

どうやら、人見知りしている時と同じような調子になっていたらしい。

恥ずかしくて口をつぐんだアザーリエだったけれど、ダインス様と街に向かう馬車の中はとても楽しくて、色々おしゃべりしているうちに街に着いた。

「良い土があれば、それも買いたいですねぇ～。後はお野菜の種とか」

「何に使うんだ？」

「久しぶりに、お野菜を育てたいんですぅ～。ダインス様のお屋敷のやつはいつも新鮮で美味しいのですけれど、故郷にあった香草とかはないみたいなので～」

酸っぱかったり独特な香りがしたり、ピリッと辛かったりする香草は、お肉やお野菜に混ぜると味が変わって美味しいから。

そんなたわいのない話に、ダインス様は興味深そうに付き合ってくれて。

「手を」

と、先に降りて外から手を差し出してくれた。

微笑んでその手を取ったアザーリエが外に降り立つと、ざわり、と周りがざわめく。

アザーリエが顔を上げようとすると、ダインス様がその前に肩を抱き寄せた。

「君の魅力は、初見の人々には少々刺激が強い。顔を伏せて、すぐに中に入ろう」

「わ、分かりましたぁ……！」

そうして、呆然としたような顔の店員さんから刺繍糸を買ってほくほく顔のアザーリエは、しっかり帽子を目深にかぶって、すぐ近くのお店まで歩く。

「せっかくのお出かけなのに、ご迷惑をかけて申し訳ないですぅ～……」

基本的に慣れ親しんだ近所の人や商人としか関わりがなく、必要なければ領地に引きこもっていたアザーリエは、何だかコソコソしないといけなさそうな自分の厄介な特性に、しょんぼりする。

ダインス様に気を遣わせてしまった。

土や種を選んでいる時に、落ち込んでいるのを気にしたのか、馬車に戻るとダインス様が声を掛けてくれる。

「気にすることはない。……俺が、君が不躾な視線に晒されるのが嫌なだけだ。……それに、独り占めしたい欲くらい、は、俺にもあるしな……」

「ダインス様……！」

ボソボソと言われた後半は聞こえなかったものの、ダインス様の優しさに感動していると、彼は咳払いをして話題を変えた。

「それはそうと、買い物は本当にそんなもので良かったのか？」

「大丈夫ですぅ～。ダインス様は、どこか行きたいところはありますかぁ～？」

「君の、お披露目用のドレスを仕立てたいと思っていてな。あまりそうしたことには詳しくないので、陛下に王家御用達の店に取り次いで貰っている」

「ふぇえ!?」

いきなり高級そうなお店に行くことに、アザーリエはビックリしてしまった。

それも自分の用事で、何だかさらっと言われたけどこの国のトップに口利きをしてもらって。

――そそ、そう言えばダインス様は公爵様でした!!

今更ながら、彼が王家の血を継いでいることを理解したアザーリエは、顔を真っ青にする。

「あの、あのぅ……そんな高価なものを、買っていただくわけには……！」

コサージュも贈ってもらったのに、と思っておずおずと声を掛けると。

「……出来れば普通に喋って欲しいんだが……」

と、何かに耐えるようにぎゅ、と厳しいお顔の眉間に皺を寄せて、ダインス様が言い返してくる。

「俺が贈りたいのだ、アザーリエ。それに、公爵家に嫁いだのにマトモなものを贈られないなどと言われれば、君が見下されてしまう」

「そ、それは分かりますけどぉ！　でもでも、わたくしにそんなお金ないですぅ！」

「きちんと、莫大な支度金をご両親から預かっている」

「わ、わたくしのお金ではないですぅ！　貴族たる者、自分で稼いだ以外のお金は使うなと、お父様がぁ！」

「必要なものを買うための支度金だ。その金を出したのはご両親だと言っているだろう。おそらく、君の家の家訓を守るための金でもあるはずだ」

「悪たるための!?」

ハッと、アザーリエはお父様の言葉を思い出した。

『悪党ってのは、ナメられたら終わりなんだ！　人前に出る時は、良いものを身につけて羽振り良く！　札束で頬をぶん殴るつもりで、しかし品良く着飾れ!!』

――そ、そうでしたぁ～っ！

ダインス様もきっと、公爵家がナメられない為に……！

「当然、公爵家の方でも金は出す。君が最も美しく見えるように、一式取り揃えるつもりだ」

「は、はい！」

それが悪たる者の使命である、と言われれば、アザーリエは頑張るつもりで、ぐっと拳を握った。

今まで苦手で、必要最小限で逃げてきた貴族とのお付き合い。

でも、人見知りだろうと何だろうと、ダインス様のために頑張ると決めた以上、避けては通れないのだから。

――お父様、お母様、アザーリエは、頑張って悪の覇道をダインス様から学んでいますっ！

心の中で最強の父母に語りかけて、気合を入れて服飾店に着き、またダインス様の手を借りて馬車を降りたところで。

「アザーリエ!?」

と、聞き覚えのある声を聞いて、そちらに目を向けた。

すると、同じように馬車を降りた小柄な金髪の貴族が、目を丸くしてこちらを見ている。

アザーリエも、ここで出会うはずのない人物に、思わず声を上げていた。

「ウィルダリア様……」

そこにいたのは。

幼い頃から交流があり、一番熱心にアザーリエを口説いていた祖国の侯爵家の人、だった。


あの後。

公爵邸に戻ったアザーリエは、あまりにもピリついた部屋の空気に縮こまっていた。

なんとウィルダリア様はアザーリエに訪問するつもりで使いを出した後、あの店に『アザーリエへの貢ぎ物を増やしに』来ていたらしい。


――変わってないですぅ～……。


王太子殿下もだけれど、事あるごとにアザーリエに高価極まる贈り物を用意しては突撃して来て『またフラれたぁ～！』と大騒ぎしてくれていた。

そのせいで社交界で余計に噂になって居た堪れなくなっていたのだけれど、本人に全く悪気がないのでとても困っていた一人で。

今はニコニコと紅茶を飲んでおられるけれど、そんなウィルダリア様に対する横からの威圧感が凄い。

――これはきっと、殺気ですぅ～……。


チラリと見れば、ただでさえ厳しい顔をさらに引き締めて、ダインス様が射殺すようにウィルダリア様を睨んでいる。

この空気をどうにかしようと、アザーリエが口を開こうとしたところで。

「……それで貴殿は、どのようなご用件でこちらに？」

ダインス様が地獄の底から響くような声音で、ウィルダリア様に問いかけると。

「アザーリエを連れ戻しに来たんだ」

と、まるで当たり前のように告げた。


ダインスは、とんでもなくヘソを曲げていた。

せっかくの初めてのアザーリエとのデートの最後に、ぶち壊すように現れた小柄な男。

聞けば、まるで少女のように幼く整った顔立ちをしているが、なんとアザーリエと同い年らしい。

長い金の髪を後ろで一つに結んでおり、華奢な体を向こうの国の男性用礼服に包んでいる。
ドレスを買いに来た、と告げたところ、いつもの人見知りでおどおどとした……そういう態度になればなるほど色気が増していく自分に彼女は気づいていないのだが……態度で接するアザーリエの手を強引に取って店の中に入り、ドレスや装飾品選びに口を挟んできた。
さらに、とてつもなく悔しいことに、そうした素養がないダインスや、初対面の人間に口を開けないアザーリエよりも余程、彼女に似合うものを選んだり提案したりするセンスがあった。
お陰で、社交の場に連れ出しても全く問題ない物を取り揃えることが出来たが、感謝しつつもぶち殺したいほどに憎い。

──しかも顔が整っている。

自分が強面である自覚があるダインスは、明らかにその点でウィルダリアに劣っていることを感じていた。

──軟弱だが、もしかしたらアザーリエの好みの男なのでは？

そんな複雑な心境で、一応ウィルダリアを屋敷に迎え入れた。
向こうの侯爵家の者を、無下には出来ない。

するとウィルダリアは、連れていた馬車から様々な宝飾品を勝手に荷下ろしして……ダインスはそれらの一目で分かるほどの素晴らしさと、おそらく掛かっただろう金額に目を剝いた。

よほどアザーリエにご執心らしいと気づいて問いかけると、あっさり連れ戻すなどという。

「……アザーリエは、もう俺と婚約を結んでいる。お引き取り願おう」

軋らせるように嚙み合わせた奥歯の隙間から言葉を漏らすと、こちらの視線に全く堪えた様子を見せずに、ウィルダリアは首を傾げる。

「おじ様は、連れ戻せるなら連れ戻して良いって言ったからね」

「……ほう」

ロンダリィズ伯の、傲岸で野生的な顔を思い浮かべながら、脳内でブチのめす。

するとそこで、アザーリエが慌てたように口を開いた。

「あの……ダインス様……？」

「何だ？」

流石にダインスも、アザーリエに当たるほど理性は失っていない。

彼女には怒っていないことを示す為に、慣れない微笑みを浮かべてみせると、恐縮して色気MAXのアザーリエが、どこかホッとしたように気を抜いた。

「あのですね、ちょっとだけ、誤解があると思うんですけれどぉ〜……」

「どんな誤解だ？」

申し訳なさそうに、アザーリエが次に告げた言葉に、ダインスは珍しく頭が真っ白になった。

「ウィルダリア様は、侯爵令嬢にあらせられますぅ～……」

「………………は？」

あまりにも予想外の暴露に、ダインスはポカンと口を開けた。


「なん……はぁ!?」

ダインス様の見たことがないような驚きように、アザーリエはますます肩をすくめた。

そう、彼女は、幼い頃からアザーリエを口説いている『女性』だった。

「何!?　女だったらアザーリエを口説いちゃいけないの!?」

「そ、そんなことは言っておりませんけれど……」

キッ、とダインス様を睨みつけるウィルダリア様に、アザーリエは小さくつぶやいた。

アザーリエにそういう趣味はない。

けれど、否定するつもりはない。

否定するつもりはないけれど。

男性は、苦手意識があるので知り合いが少ないのも当然だった。

しかし女性にも遠巻きにされていたのは、やっかみが半分、ウィルダリア様の突撃求愛にドン引きしていたのが半分だった。

「……なぜ、ご令嬢はアザーリエを……？」

正気に戻ったダインス様の問いかけに、憤然と立ち上がったウィルダリア様は熱弁した。

「何故って、こんなにも色気ムンムンで、だけど内気で可愛くてステキな人に、求愛しないほうがおかしいでしょう!?　ボクは気づいたんだ、ああ、ボクは女王アザーリエの奴隷になるために生まれてきたんだって！　なのにアザーリエは、どんな贈り物も受け取ってくれないし、カッコいい人が好きなのかと思って男装しても受け入れてくれなかった！　あげくの果てに、おじ様はボクたちがモタモタしてるから隣国に売ったなんて言うし！　お金で買われたならひどい扱いを受けてるだろうから、買い戻してボクがちゃんと愛そうと思ってるんだ！」

とんでもない長台詞を息継ぎもなしに、ウィルダリア様は言い切る。

――侯爵家のご令嬢を奴隷だなんて、無理ですぅ～!!

何だか知らないけれど、まるで信仰するようにアザーリエに執心する彼女。

決して嫌いではないけれど。

お友達以上に思えないのも事実で。

「……だが、アザーリエが君を受け入れたとしても、貴女では婚姻は出来んだろう？」

少なくとも、女性同士の婚姻自体は現状、隣国でもこちらの国でも認められていない。

「アザーリエがボクを受け入れてくれたら、法律を変えるから良いよ！　殿下もそれは承諾してて、その為に殿下とボクで婚約もしたんだ！」

そう告げたウィルダリア様は、さらにとんでもない事を言い始める。

「ボク達が結婚したら、とりあえず殿下の側妃にアザーリエを迎えて、口説けた方がアザーリエと一緒に後宮で過ごすって協定を結んだんだよ！　選ばれなかった方はスッパリ諦めるってね！　ボクは一応王太子妃教育を受けてるし、側妃ならアザーリエが人前に出るのも最小で済むから！」

なのに、アザーリエは協定が成立した後に隣国に行っちゃって、と肩を落とすウィルダリア様。

とんでもなく話が大きくなっていて、冷や汗と共に涙が滲んできた。


——何でそんなことになってるんですかぁ、殿下ぁ～！！


ウィルダリア様も殿下も、その行動力を他に向けてほしい。

それを切に願いながら、アザーリエがダインス様を見上げると。

彼は難しい顔をしながらも、キッパリと告げる。

「アザーリエは、物ではない。俺は今、しっかり彼女を愛している」

「だ、ダインス様ぁ～……!!」

恥ずかしくも嬉しい言葉に、アザーリエが口に手を当てると、ダインス様はさらに続けた。

「だから、どうするかはアザーリエが決めることだ。ここに残るか、婚約解消してご令嬢の要望を受け入れるか。……アザーリエ、君はどうしたい？」


「ダインス様と結婚したいですぅ!!」

「嘘、即答!?」

アザーリエの言葉に、ウィルダリア様が驚愕の表情を浮かべたけれど、涙目になりながらも、アザーリエは父の教えを思い出していた。

『いいかアザーリエ、進むべき悪の道を決めたのなら！　捨てた道にいる相手に一切の希望は持たせるな！　完膚なきまでにその芽を叩き潰せ！　それが慈悲だ！』

と。


――お父様！　わたくし、頑張りますぅ～！

だから勇気を振り絞って、拳を膝の上で握り締めて、アザーリエはウィルダリア様にハッキリと告げる。

「わ、わたくしは、ダインス様を、お、おし、お慕い申し上げて……おりますぅ！　だから、に、苦手でも、公爵夫人として、恥ずかしくないように、頑張りますぅ！　ウィルダリア様と、殿下の、お誘いを受けることは、金輪際！　絶対！　二度と！　……ないですぅ～！」

人に何かを命じるのと同じくらい。

人を拒絶するのは苦手なアザーリエだけれど。

相手を傷つけることが、苦手だけれど。

そうしてあげることが、殿下や、ウィルダリア様が、アザーリエを忘れて進む為に必要なことなのなら。


――悪の妖女として、ちゃんと、宣言しないといけないのですぅ！


ショックを受けて、じわりと涙目になるウィルダリア様から、アザーリエは目を逸らさなかった。

ちゃんと、言えた。

だから。

「……そっか」

ウィルダリア様は眉尻を下げると、痛々しいと感じる笑顔で、ぽつりと呟いた。

「アザーリエが、そんな風に可愛く話すの。家族といる時以外じゃ、初めて見た……そういう、ことなんだよね？」

「……はい」

ウィルダリア様の視線の先には、ダインス様がいた。

「なら、仕方ないね。アザーリエは、レイフ公爵のところに来て、幸せなんだ？」

「はい……ここに来てからずっと、とってもとっても、幸せですぅ！」

ウィルダリア様は、グッと唇を隠すように噛み締めると、目を閉じて、何度もうなずいた。

「分かった。それなら、ボクは諦めるよ。殿下も説得しておくね。大丈夫、アザーリエがちゃんと好きな人を見つけて幸せにしてるって、ボロカスに心の芯を叩き折っておくから……！」

「そっ……そこまでしなくても良いですけどぉ……」

「いや、しないとアイツはきっと、ここまで押しかけてくる。ボクみたいに」


――それは困りますぅ！


ウィルダリア様はフッと暗い笑みを浮かべると、さらに言葉を重ねた。

「それにこの傷心を昇華する為には、ボクより傷ついて苦しんでる奴を見ないと気が済まない……」

「何だか物騒なことを呟いてますぅ〜っ！」

――殿下、強く生きて下さい……！


同情を禁じ得ないアザーリエの肩をそっと抱いて、ダインス様がウィルダリア様に問いかける。

「しかし、貴女はそれで良いのか？　王太子殿下と婚約を結んでしまったのなら、そう簡単には解消できないだろう？　アザーリエを得られぬまま、婚姻関係を続けられるのか？」

彼の心配は、もっともだった。

ハッとするアザーリエに、ウィルダリア様はあっさり手を振る。

「ああ、それに関しては、元々ボクが殿下の婚約者筆頭候補だったし問題ないよ。愛がなくても世継ぎを作る覚悟はお互いしてるし、幼馴染みだしね……」

「同性が好きなら、辛いのでは？」

「……レイフ卿。あまり、ボクをナメないでくれる？」

泣きそうな赤い目で、しかし涙は流さなかったウィルダリア様は、ダインス様を睨みつける。

「ボクは同性愛者ってわけじゃない。――アザーリエだから、好きになったんだ」

それ以外なら誰でも一緒だよ、と彼女が口にすると。

「……申し訳ない。そういう事ならば、今のは失言だった」

「ウィルダリア様……」

一人の人間として、好きになった相手がたまたま同性のアザーリエだったと。

ウィルダリア様にそれほど深い想いを抱かれていたことに対して、微笑みで応える。

「ありがとうございます、ウィルダリア様。そして、ごめんなさい……」

「謝らないで。優しくされると、諦められなくなっちゃうから」

「……はい」

ウィルダリア様は、少しだけ目を伏せてから、チラッとアザーリエを見る。

「贈り物は、婚約祝いってことで、受け取って欲しい。殿下からのものもあるしね。アザーリエに似合うと思って、選んだから」

「わ、分かりましたぁ……」

お値段を考えると凄く怖いけれど、ゴクリと唾を飲んで、承諾する。

「初めて贈り物を受け取ってくれたのが、お別れの時かぁ……仕方ないけど……レイフ卿、アザーリエを不幸にしたら、すぐに連れて帰るからね！」

「肝に銘じておこう。必ず幸せにすると」

ウィルダリア様は、ダインス様の言葉に笑顔を向けて、帰る、と背を向けた。

「好きな人が別の男とイチャイチャしてるのを見る趣味はないからね！　お幸せに！　見送りはいらないよ！」

そう言って、帰って行った。

「……嵐のような女性だったな」

「強い人ですぅ。可愛らしいので、わたくしの憧れでもありましたぁ……」

自由奔放でハッキリとモノを言い、アザーリエとは真逆の容姿を持つ、可愛いものが似合う彼女。

「あんな人に、なりたかったですぅ」

「きっと、君のようになりたい女性も多いと思うがな」

そう言われて、アザーリエはキョトンとした。

「君も十分に可愛らしい。その内面に気づけて、君に好いて貰えた俺は、幸運な男だ」

ダインス様は、そっと床に膝をつくと、アザーリエの手を取る。

そして手の甲に口付けて、ジッと、その黒く鋭い目でアザーリエを見上げた。

厳しくて、傷があって、でも整っていて男らしい顔で。


「アザーリエ。遅くなってしまったが。……どうか、俺と生涯を共にしてくれないだろうか？」


そのプロポーズを受けて。

アザーリエは、頬を染めながら、コクリとうなずいた。

「はい……喜んで。ダインス様ぁ……！」

はしたないだろうか、と思いながら。

アザーリエは、跪いたままのダインス様の胸に、飛び込んだ。

その後。

お披露目されたアザーリエ・レイフ公爵夫人は、至高の妖女の名をほしいままにしたが、生涯に渡って夫だけを献身的に支え、愛したという。

また夫ダインス・レイフ公爵もまた、妻を大切にし、その話に真摯に耳を傾けた。

後の世において、望むままに悪を成した彼女は、仕える者たちをよく遇し、やがて民意を得て法律を定める為に尽力したとして、こう称えられる。


——〝労働環境改善の慈母〟と。

あとがき

皆さまご機嫌よう、名無しの淑女（♂）でございます。

二巻で再会出来たことを心より感謝申し上げます。

……はい。

何も思いつきませんので作品の話をします。

アレリラとイースティリアがだんだんこう、良い感じに壊れ……いえ、人間らしくなって来たのではないでしょうか！　か！

ネタバレしない範囲で書こうとすると、そんな感じですね。個人的にはこの二人の、何も起こらない感じが好きなのです。一巻あとがきで白米と表現しましたが、そんな感じです。

それと今回は、一巻と違って過去に非常に重たい事件が起こっております。

何故かと申し上げますと、『貞操を穢された者は闇堕ちして復讐に生きて救われない』という定型があるので、前向きに逞しくハッピーエンドに向かってもらいたかったからです。

彼が、お金だけ渡して彼女を平民に戻す、という選択を取らなかったのは、彼女が子どもを『産んで育てる』選択をしたからですね。

非常にシビアな話なのですが、この時代に高位貴族の血を引く（つまり魔力が豊富である可能性が高い）子どもを産むことが分かっている女性は、悪意の格好の餌食となってしまいます。

まして王家の血が入っている可能性も高かったので、彼女が子どもを手放さない以上、そうした悪意から確実に守る為という意図も、彼の行動には含まれていました。

人に翻弄された前半生でしたが、それでも幸せになる為に生きた彼女が摑み取ったその後の半生は幸せなものだったことでしょう。

という彼女の周辺で起こっていたことの全貌も書きたかったのですが、主役ではないので致し方なしといったところです。

後は、おまけと言うには分厚い、名前だけ出てきていたエティッチのお姉様、〝傾国の妖花〟アザーリエ・ロンダリィズの話があります。

このお話は、結構な割合で『自分の中では主役級』のキャラクターを惜しみなく脇役に投入しているので、色々広がっていきます。ショコラテ第二王子妃とかも。ええ。

ちなみにアザーリエについて語れるのは、エティッチが『お胸がふくよかでしゅわ〜！』と幼い頃に胸元に飛び込んでいたことだけです。

今回も美麗なＳｈａｂｏｎ先生のイラストも併せてお楽しみ下さい！　また、日田中先生によるコミカライズ連載も始まっていますので、そちらもお楽しみいただければと思います！

では、またの再会を願って！

今回も描かせて頂き
ありがとうございました!!
2巻では魅力的なキャラが
さらに増えましたね…!
個人的にダインス様が
好きすぎて
つらい…
2巻アザーリエとサガルドゥ
キャラデザイン画
Shabon
2023.8
イースティリアとアレリラ
キャラデザイン画

おまけ

アレリラおねーさまと
フォッシモの地理講座

「ねーさま！」

「何ですか、フォッシモ」

今日もご本を読んでいるねーさまに、十歳のフォッシモは近づいていった。

「今は何を読んでるのですか？」

「これは、帝国史です。私たちが住むバルザム帝国と、その周辺国の関係について記されています。

地図を見ながら、学ぶのです」

「へぇ～。それは何でなのですか？」

「はい、地理と歴史は、不可分の関係にあるからです」

「ふかぶん」

「……切り離せない関係、ということです」

ねーさまは、スッとテーブルに広げた地図を指さす。

「基本的に国のある場所は、北は寒く、南は暖かいです」

「はい」

「暖かいと作物が育ちやすく腐りやすいのです。北では育ちにくく腐りにくいです」

「へー、そうなのですね！」

「はい。なので真ん中にある帝国の南から先、このライオネル王国などは、豊かに作物の実る山岳地帯があります。こうした帝国の傘下ではなく別の王様がいる国を『周辺国』と呼びます」

「あ、昔ねーさまに聞いたことがあります！　あれから覚えました！」

「そうですか。フォッシモは賢いですね」

と、ねーさまに頭を撫でられて嬉しくなる。

「ライオネル王国は、昔、帝国が虫害に悩まされた時、小麦を支援してくれた国でもあります」

と、再び地図の下側、内海を挟んだ先にある陸の部分を指さす。

「そして、海を挟んだ西のフェンジェフ皇国。帝国と同じくらい大きな国で、ここも豊かです」

「なるほどー」

と、そちらについてはよく分からないけど頷いておく。

フォッシモは単に、ねーさまのお話を聞くのが好きなだけなのだ。

「南西には、こちらは山脈を挟んで大公国があります。王様ではなく四つの公爵家から一人の大公を選出する、ちょっと変わった制度を取っている国です」

「ふむふむ」

「また、帝国内には『属国』という国があります。帝国の傘下ですが、領主ではなく王がいる国ですね」

と、アレリラは中央大陸の大きな面積を占める帝国の西側、聖王国と書かれた部分を指さす。

「領地と何が違うのですか？」

「昔、戦争で帝国に負けた国なのですが、特別な事情がある場合に国として残されるのです。この聖王国の場合は、聖教会の聖地であり、教皇猊下がいるので残されました」

「そうなのですね！」

聖教会はフォッシモでも知っている。

新年のお祈りをしたり、話を聞いたりする退屈なところだ。

寝るとねーさまに脇腹を突かれて起こされるので、けっこうツラい。

「周辺国で特に因縁の深いのが、北の王国バーランドです。この国と一番たくさん戦争をして、一番最近戦争したのもここです」

と、ねーさまは北の方にある国を指さした。

「何でですか?」

「北の国は鉱山が豊富で、産出された金属の代わりに他国から食料を輸入しています。北には食事になるものが少ないのです」

「ええ……大変ですね!」

「そう、大変なのです。そのせいで足元を見られ、鉱物を買い叩かれていた歴史があります」

「何でですか?」

「金属や貴金属がなくとも人はある程度生きて行けますが、食物がなければ死ぬからです」

「……畑を耕せばいいのではないです?」

「先ほども言ったとおり、あまり育たないのです。皆が食べれる分がないのですよ。そうですね……例えばフォッシモが、お腹が減って困っている時に『オモチャ一つとパンを一つ交換しましょう』と言われたとします」

「うん」

「そのパンを貰わないと晩御飯がないので、フォッシモは交換しないといけません。それが、正しい交換の仕方です。いっぱい取られはしませんが、タダでは貰えません」

「……うん」

「けれど、相手はオモチャがなくてもあまり困らず、フォッシモに晩御飯がないことを知っているのです。だから、『オモチャ2個とパン1個なら交換してあげるよ』と言い始めます。2倍です」

「そ、そんなのズルい！」

「ズルいですね。けれど、フォッシモはパンがないと死んでしまうので、買わないといけません」

「やだ！」

「そう、イヤな気持ちになりますね。パンをくれない人がイヤな人に思えますし、オモチャもいっぱい持っていないといけなくなります」

「ひどいヤツですね！」

「はい。ですが、帝国の昔の商人や役人は、そういうことをしたのです。当然、フォッシモは怒ります」

「当たり前だよ！」

「だから、戦争になりました。『オモチャ一つとパン一つを交換してくれないならケンカをしてパンを奪います』ということです」

「……相手がイヤなヤツでも、それはダメだよ……」

「ええ、ダメです。でも、そうしないと死んでしまうから仕方がなかったのです。そうして、バーランドと帝国の戦争が起こってしまい、何回も戦争をすることになってしまったのです」

パタン、とねーさまは本を閉じた。

「その戦争も終わり、今、帝国は平和です。ご飯をちゃんと食べられることに感謝しましょう」

「分かりました！」

元気よく返事をしてフォッシモが時計を見ると、ねーさまがいつもの無表情でうなずいた。

「ではそろそろ、おやつにいたしましょう」

EARTH STAR
LUNA
異世界の荒野に転移していた元ＯＬの宮瀬《みやせ》木乃香《このか》は、
最上級魔法使いラディアルに拾われ魔法研究所に居候することになった。
なんとなく研究所で過ごすうちに召喚術に適性があると判明する。
〝大きい〟〝強い〟〝外見が怖い〟の三拍子そろった
使役魔獣が良しとされるなか、木乃香はペット感覚で
ちいさな使役魔獣を次々と召喚していく。
使役魔獣の能力だけではなく
木乃香自身の魔法力も規格外、
——という自覚もなく
色々とやらかしてしまい……!?
こんな異世界のすみっこで
ちっちゃな使役魔獣とすごす、ほのぼの魔法使いライフ
シリーズ
好評発売中!
1巻
特集ページは
こちら!
いちい千冬 Illustration 桶乃かもく

尋常ではない召喚陣の輝き——

子鬼、子犬、小鳥、子猫、ハムスター。

ちっちゃいけど能力は桁違い!?

ほのぼのするけど、

いろんな意味で

規格外!?

無自覚な天才少女は気付かない
mujikakuna tensaisyoujoha kidukanai
まきぶろ
illustration
狂zip
～あらゆる分野で努力しても家族が全く褒めてくれないので、家出して冒険者になりました～
天才でした!?

お局令嬢と朱夏の季節②
～冷徹宰相様との事務的な婚姻契約に、不満はございません～

発行 ―――― 2023年9月1日　初版第1刷発行

著者 ―――― メアリー＝ドゥ

イラストレーター ―――― Shabon

装丁デザイン ―――― 世古口敦志・丸山えりさ（coil）

地図イラスト ―――― おぐし篤

発行者 ―――― 幕内和博

編集 ―――― 及川幹雄

発行所 ―――― 株式会社アース・スター エンターテイメント
〒141-0021　東京都品川区上大崎3-1-1
目黒セントラルスクエア　7F
TEL：03-5561-7630
FAX：03-5561-7632
https://www.es-luna.jp

印刷・製本 ―――― 図書印刷株式会社

ISBN 978-4-8030-1831-8